# 目次


序章　005

第1章　15歳　011

第2章　18歳　045

第3章　20歳　071

第4章　21歳　103

第5章　22歳　117

第6章　26歳　145

# 序　章

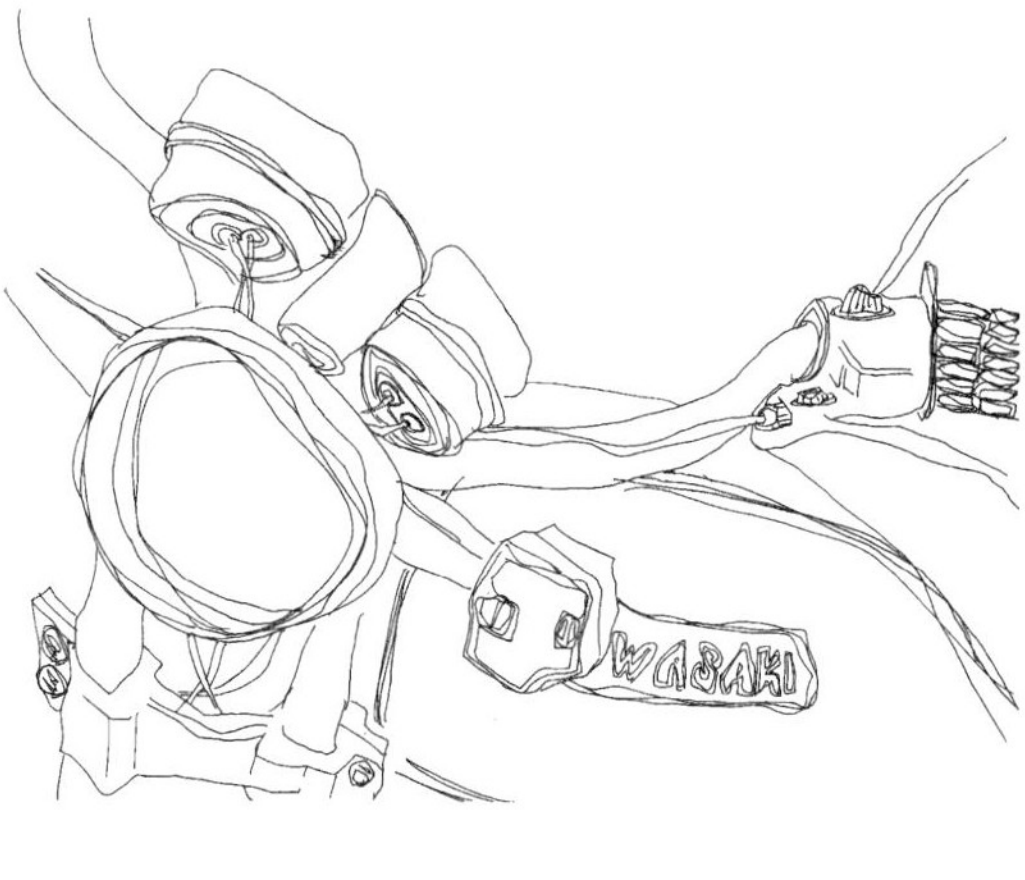

3月下旬。
夜11時過ぎ。
僕は停めていたバイクにまたがった。
1000ccの黒くて古いバイク。
キーを差しこみ、クラッチを握りしめ、
思いっきりエンジンをかけた。
聞きなれたエンジン音が
細い路地に響きわたる。
路地の隅に捨てられた空き缶とタバコの空き箱を
ヘッドライトが耿耿《こうこう》と照らす。
スタンドを蹴り上げ、アクセルを回した。
路地を左折して車道に出た。
片側1車線の道。
車道と歩道の境に、
等間隔に立ち並んでいる高さ1mほどの石柱。

それが視界の隅を流れていく。
車道の左側に停車しているタクシー。
その右側を通り過ぎようとした瞬間。
タクシーが動き出した。
バイクの前輪と、タクシーのうしろのバンパーが接触しそうになった。
数㎝。
僕は慌てて、ハンドルを右に切った。
体はアスファルトすれすれ。
反対車線に飛び出した。
0・数秒。
目の前に石柱。
そして。

何も見えなくなった。

# 3　月　30　日

# 第1章　15歳

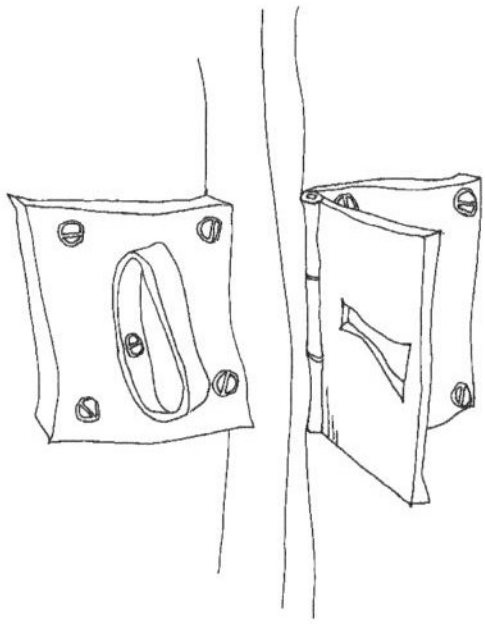

真夏。夕暮れ。セミが鳴きわめいている。

大阪。今宮戎《いまみやえびす》神社の境内で毎年8月に行われる漫才コンテスト。200組以上の芸人が参加し、その中から15組にしぼられる予選会。予選会は境内のはずれにある公会堂の2階で行われる。むせかえるような熱気が充満するだだっ広い板の間は、長机に座る三人の審査員と400人以上の芸人でごった返している。カベに取り付けられた扇風機が申し訳程度に回っている。その板の間のいちばん奥に置かれたスタンドマイク。そのマイクの前で200本以上の漫才が続いていく。

僕は2ヵ月前、15歳でこの世界に入った。

中学受験をして、進学校に入学した僕は学校になじめず、中学二年生の頃から学校に行かなくなった。

家の2階にある四畳程度のちいさな部屋にカギをかけ、その中ですごした。

そのちいさな部屋の中でいろんなことを考えた。

これから何をしたいのか。

これから何をして生きていくのか。

これから何をするべきなのか。

これから何ができるのか。

カギをかけたちいさな部屋の中で考えた。

学校に行かない息子。部屋に閉じこもった息子。そのせいで、お母さんはたくさんの泪《なみだ》を流した。そのせいで、お父さんはたくさんのため息をついた。そんな二人を見て僕は、大きな声でわめきちらした。

時には、泪を流しながら家のカベに穴をあけたりした。僕の行動が理解できないお母さんは、今よりよくなるために、包丁の柄でくだいた薬を、僕の食事に入れたりした。それを見て僕は、また、大きな声を出しながら暴れた。泣きながら部屋のカギをかたくかけた。そして部屋の中ですごした。いつかあのカギをはずして外の世界に出たいと願いながら。いつかあの扉をあけて未来へ飛び出したいと願いながら。

一年以上が過ぎた。もう限界だった。これ以上、あの部屋の中にいることはできないと想った。一日も早くカギをはずし、部屋を出たいと願っていた。

15歳になった年の6月のある日。

一本の電話がかかってきた。

その年の4月からお笑い養成所に通っている、4歳年上の兄からだった。

「一緒にやろう」

誘いの電話だった。兄がなぜ僕を誘ったのか解《わか》らない。だけど一日も早く、部屋を出たいと想っていた僕は、もしかしたらそこに何かがあるかもしれないと想った。

一日も早く、未来へ飛び出したいと願っていた僕は、もしかしたらそこで何かができるかもしれないと想った。

電車に乗って、住んでいた京都の山奥から大阪へ向かった。

養成所の授業を見学した。

そこではたくさんの人たちが誰かを笑顔にしようと必死になっていた。

一人でも多くの人を笑顔にしようと闘っていた。

僕は初めて想った。誰かを笑顔にしてみたい。目の前にいる人を笑顔にしてみたい。

そして自分を笑顔にしたい。

部屋に戻り、初めてネタというものを創った。何も解らず必死になってネタを創った。笑顔になるために。

二日後、養成所で兄と二人、できたばかりのネタを披露した。生まれて初めて創ったネタを、緊張で目の前を真っ白にしながら披露した。

震えながらネタをやり終えた。

すごく大きな笑い声が聞こえた。

すごくたくさんの笑い声が聞こえた。

こんなにたくさんの笑い声を聞いたのは初めてだった。

こんなにたくさんの笑顔を見たのは初めてだった。

泪が流れそうになった。

僕はこの世界で生きていきたいと想った。

僕はこの世界で生きていくと決めた。

ついにあの部屋を出る日が来た。

ついにあのカギをはずす時が来た。

僕はあのちいさな部屋を出て大阪で暮らすことにした。

僕は家を出て、この世界で生きていくことにした。

神社の境内で毎年行われている漫才コンテスト。180人近くいる養成所の生徒の中から10組だけが、そのコンテストの予選会に出場することができる。養成所の講師が出場するコンビを選ぶ。僕たちはその中に選ばれ、予選会に出場することになった。兄は養成所で仲のいい同期の人たちに、「うちの弟、おもろいやろ」と、僕が恥ずかしくなるくらい大きな声で言っては笑っていた。僕は兄のその言葉をかみしめながらコンテストで優勝するために新しいネタを創った。僕たちは優勝するために何度も何度も練習した。

自信があった。

絶対に優勝すると想っていた。

予選会。200組以上の参加者すべての漫才が終わり、審査員が2回戦に進む合格者、15組のコンビ名を発表した。

僕たちの名前はなかった。

惨敗だった。

まったくうけなかった。

誰一人笑わすことができなかった。

誰一人笑顔にすることができなかった。

何もできなかった。合格した人たちが歓喜の声をあげて抱き合っていた。その中に僕たちと同期のコンビが一組いた。兄はその人たちを見つめながら「ま、しゃあないな」とつぶやいて立ち上がり、予選会の会場を出ていった。


予選会の帰り道、僕はうつむきながら歩いた。

路上生活者と、しょんべんの臭いが充満する新今宮駅の前を一人、うつむきながら歩いた。


次の日2回戦、そして、その次の日決勝戦が行われた。

結果が出た。養成所で一年先輩のコンビが優勝した。

僕たちと同期のコンビが3位に入賞した。

兄は4月に養成所に入り、その中で知り合った人と、コンビを組んだ。

そして一度だけ養成所でネタを披露した。

だけど、あまりうまくいかず、すぐに解散したらしい。

3位に入賞したのは、その人が別の人と組んだコンビだった。

僕と兄がコンビを組んだ同じ時期に、その人たちもコンビを組んだ。

同じ時間があった。

同じ2ヵ月があった。


2週間後、ネタ見せといわれるオーディションがあった。そのネタ見せに合格すると、大阪難波《なんば》の戎橋《えびすばし》を渡ったところにある2丁目劇場というちいさな劇場に出演することができる。

その劇場は過去、数々の有名芸人を輩出した、若手芸人の登竜門だった。

ネタ見せはその劇場の上にあるケイコ場で行われた。

ケイコ場には長机が置かれ、そこに劇場の支配人と構成作家が三人座っていた。

その四人が審査員。

僕と兄は昨日創ったばかりのネタを少し緊張しながら披露した。

ネタ中、笑い声はまったくなく、ケイコ場は静まり返っていた。

ネタが終わると、審査員が口々に意見を述べ始めた。ボロクソだった。

「意味が解らない」

「声がちいさい」

「目つきが悪い」

「ダラダラしていてやる気が見えない」

「どこがおもしろいのか解らない」

「人前に立てるレベルじゃない」

「まったくおもしろくない」

僕は下を向いたまま、床をにらみつけた。

くそっ。

お前らに理解されてたまるか。

今に見とけ。

客の前でやったら絶対うける。

お前らが古臭いから解らんだけ。

いろんな言葉が頭の中を埋めつくした。

「ま、そういうことや。はい、次」

支配人がそっけなく次にネタを見せるコンビを呼んだ。

僕は目をつり上げたまま顔を上げ、聞こえないぐらいのちいさな声で「失礼します」と言ってケイコ場を出た。

100組前後のネタ見せがすべて終了し、合格した8組のコンビが発表された。もちろん僕たちの名前は呼ばれなかった。

合格者の中には先日の漫才コンテストで3位に入賞したコンビの他、同期の3組が入っていた。

僕は悔しさで目をつり上げたまま家に帰った。

お金がない僕は、養成所の近くにある回転寿司屋でバイトをしながら兄と二人、ちいさなアパートで暮らしている。

兄はアパートの近くの居酒屋でバイトをしている。

僕たちはネタができるとアパートの裏にある公園でネタ合わせをした。何度も何度もネタ合わせをした。時にはケンカをしていると勘違いされ、通報で警察官がやってくることもあった。警察官とも顔なじみになり、「またやってんのかいな、がんばりや」と、声をかけてくれたりするようになった。だけど。養成所で初めてネタを披露してから、一度もうけなくなっていた。

養成所で初めてたくさんの笑い声を聞いてから、一度も笑い声を聞けなくなっていた。

理由が解らなかった。

何度ネタをやってもうけなかった。

オーディションに何度行っても合格することはなかった。

養成所に入って半年がたった。

12月。

4階建てのビルの屋上にある、プレハブでできた養成所を出ると一人の男性が声をかけてきた。

男性は同じ養成所の生徒で僕より七つ年上の22歳だった。バーテンダーをやりながら養成所に通っていて、すごくおしゃれで男前でいかにも遊び人という感じの人だった。

僕はその人と教室で何度か言葉をかわしたことがあった。

その人は僕に「今日、店休みやから飯でも食いに行こか、おごったるわ」と言って笑った。僕は「うん」とうなずいて、二人で近くの居酒屋に入った。

ご飯を食べながらネタのこと、養成所のこと、バイトのこと、いろんな話をした。

2時間近くたった。

「お前、彼女おんの？」

その人が僕に訊《き》いてきた。

僕が「いない」と答えると、その人は「ほな、今から作りに行こか」と言った。

僕が「どうやって？」と訊き返すと、「ナンパや、ナンパ。ナンパしに行こ」と言って、伝票を持って席を立った。

僕がその人のうしろについて歩きながら「どこ行くん？」と訊くと、「とりあえず、ひっかけ橋やな」と言って店を出た。

ひっかけ橋とは、あの2丁目劇場の前に架かった戎橋の通称で、夜遅くまで若者でにぎわっている場所だった。

ひっかけ橋に向かって道頓堀《どうとんぼり》を歩いていると、その人は突然、前から歩いてきた女性二人に声をかけた。

「何してんの？」

「どこ行くの？」

「一緒に遊びに行かへん？」

女性二人が誘いを断り通り過ぎると、その人は僕に「あんま、かわいなかったなぁ」と笑って歩き出した。

ひっかけ橋に着くと、電車が走っていない深夜にもかかわらず、たくさんの若者でごった返していた。

女性に声をかけている人たち。座りこんで話をしている人たち。仲間同士で大声を出してバカ騒ぎをしている人たち。

その中で女性だけで歩いている人たちを見つけては「あれ行こか」と、その人は声をかけた。僕は、何もできずにただただ声をかけているその人の横に突っ立っていた。

何組にも声をかけた。

ひっかけ橋に来て、1時間以上たっていた。少し疲れた僕が、橋の欄干にもたれかかり、タバコを吸っていると、隣に立っていたその人は「おっ、あの娘《こ》ら、ええやん」と言って、前から歩いてきた女性二人に小走りで声をかけに行った。

僕はタバコを捨てて、その人のうしろをついていった。

「どこ行くの？」

その人が声をかけた女性二人は20歳ぐらいだった。一人は黒髪で切れ長の目をしていて、もう一人は茶色い髪の毛で大きな目をしていた。年齢を訊くと二人とも、17歳だった。

二人は笑いながらすごく楽しそうにその人の質問に答えていた。

その人が「一緒に遊びに行こうや」と言うと、二人は「どこに？」と訊いた。すると、その人は「こいつの家、近所やから、こいつの家で遊ぼうや」と言った。

僕と兄が住んでいるアパートは、ひっかけ橋から歩いて10分ぐらいの場所にあった。黒髪の子が「家は嫌やわー」と言った。その人は「なんでやねんな、俺ら金ないねん。えーやんか、何もせーへんて」と言って、二人の腕をつかみ、「なっ、行こ」と笑って強引に歩き出した。茶色い髪の子が「ほんまに何もせーへん？」と訊いた。その人は「せーへんよ、みんなで楽しく話しよー」と言って、二人の肩をポンとたたいて振り返り、二人には見えないように僕に右手でOKサインを出した。

四人で僕と兄のアパートに向かった。

道中、僕はあまりしゃべれなかった。

アパートに着くと、兄は居酒屋のバイトに行っていていなかった。

狭い部屋で四人、笑いながらいろんな話をした。黒髪の子は高校三年生で茶色い髪の子は働いていた。

年齢を一つごまかしてホステスをしていると言った。

そして二〇日後のクリスマスイブが18歳の誕生日だと言った。

彼女は冗談で「何かプレゼントちょうだいな」と言って、テーブルに転がっていたボールペンで僕のタバコの空き箱に自分の名前と住所を途中まで書いてペンを止め、笑っていた。

すごく楽しかった。時間がとても早く過ぎた。気がつくと、空が白んでいた。

僕は彼女たちを駅まで送っていくことにした。アパートを出ると、「俺、こっちやから」と言って、その人は彼女たちが向かう駅と逆のほうを指差した。

「ほなね。楽しかった、ありがとう」

彼女たちは駅に向かって歩き出した。

するとその人が、茶色い髪の子を指して、僕の耳もとで「あの娘、かわいいやんけ、電話番号訊けよ」と言って帰っていった。

女の子二人と僕は、駅に向かって歩いた。あまり話せなかった。すぐ駅に着いた。二人は「またね」と言って駅に入っていった。電話番号を訊くことはできなかった。

帰り道、僕はポケットに手を突っこんだまま、一つ白い息を吐いて、肩をすぼめて歩いた。

家に帰ると兄が帰ってきていた。

テーブルにあの娘が住所を途中まで書いたタバコの空き箱があった。

僕はあの娘の文字を見つめながら、また会いたいと想った。


あの娘と出会って三日がたった。

養成所に行くと、22歳のその人が声をかけてきた。

「おー、こないだの娘どーした？」

僕は電話番号を訊けなかったことを伝えた。

「何してんねん。どんくさいのー」

僕は「うん」と答えて、もう一度会いたいと想っていることを告げた。

「会えるかいな、そんなもん。せやから、あん時、電話番号訊けよ言うたんや。俺が訊いたったらよかったなー」

僕が黙っていると、「あ、あの娘、住所書いてたやろ、104で番号調べてかけたらえーねん。あれ、もう捨てた？」。

捨てていなかったけれど、住所は途中までしか書かれていなかった。

「そんなもん、104に途中までの住所と名前言うて出てきた番号かたっぱしからかけたらえーねん。それぐらいせな、彼女なんかできひんぞ」

僕は「うん」と答えた。


授業が終わり、家に帰った。

タバコの空き箱をしばらく見つめて、104に電話した。

オペレーターに途中までの住所とあの娘の名字を告げた。あの娘は実家で暮らしていると言っていた。

20件近くの番号が検索された。

僕はそのすべての番号をメモして、一件一件かけた。

7件目。

「はい、もしもし」

あの娘の声だった。僕が名前を告げると、「えー、なんでー」と大きな声を出して笑った。僕は書きかけの住所から番号を調べて電話をかけたことを伝え、もう一度会いたいと言った。

あの娘は「えー、うれしいけど」と言って黙った。

「……」

「つき合ってくれへん?」

「……」

しばらくの沈黙のあと、あの娘は「ごめん、無理やわ」とつぶやいた。僕が理由を訊くと、あの娘は答えてくれた。

年上の彼氏がいること。

その彼氏は働かず、あの娘の稼いだお金で生活していること。

その彼氏に暴力を振るわれていること。

別れたいけど別れられないこと。

いろんな話を聞いた。

そして僕はもう一度、「つき合ってくれへん?」と訊いた。

あの娘は「彼氏と別れたらつき合お」と言って電話を切った。僕は受話器を置いた。

あの娘に電話をかけてから1時間近くたっていた。


それからあの娘と電話で話をするようになった。何度も電話で話をした。そして何度もつき合ってほしいとあの娘に伝えた。

クリスマスイブ。

あの娘の誕生日。

布団の上で横になっていると、僕のアパートのチャイムが鳴った。

玄関をあけると、あの娘が立っていた。

「今、彼氏と別れてきてん。つき合お」

そう言って笑顔を浮かべるあの娘の顔は殴られたのか少し腫《は》れていた。

僕は初めて、女の子とつき合った。

僕は彼女とひんぱんに会うようになった。

彼女が僕の家でカレーを作ってくれた。

女の子に初めて手料理を作ってもらった。

すごくおいしかった。

彼女は、兄ともすぐに仲良くなった。

三人で、彼女が作ってくれたご飯を笑いながら食べたりした。

彼女とつき合って3ヵ月。

僕は16歳になった。

誕生日のお祝いに、彼女がレストランで食事をごちそうしてくれた。

そして、「おめでとう。これ着て、いつか舞台に立ってな」と言って、グレーのジャケットをプレゼントしてくれた。

僕は「ありがとう」と言って、すぐにこのジャケットを着て舞台に立つと約束した。

4月、兄と暮らしていたアパートを出て、一人暮らしを始めた。

回転寿司屋をやめて、仲のいい同期の人に紹介してもらったラーメン屋でバイトを始めた。

兄は、僕と住んでいたアパートで、同期の人と共同生活を始めた。


兄と、同期の人が住むそのアパートが僕たち同期生の溜《た》まり場になった。

みんなそのアパートに集まっては、いろんなことをして遊んだ。

テーブルや冷蔵庫はみんなが書いたバカな落書きで埋めつくされていて、部屋には誰のものか解らない衣類が散乱していた。そんな部屋の中で僕たちはいつもバカ騒ぎして、毎日のように、大家に文句を言われながらすごした。

お金のない僕たちは、難波のスクランブル交差点の上に架かる、誰も使わない歩道橋でキャンプをした。拾ってきた段ボールを敷いて、カセットコンロでお湯をわかし、カップめんを食べたり、花火をしたりした。

深夜、同期の中の一人が、歩道橋の下でケンカをしている外国人数人を見つけて、おちょくりだした。

「シャラップ！　シャラップ！　ファックユー!!」

怒った外国人四、五人が歩道橋をかけ上がってきた。

僕たちは、食べかけの食料や、カセットコンロをほったらかしにして、必死になって逃げた。

僕たちはバラバラになって必死に走り、溜まり場のアパートに逃げこんだ。

その中の一人が逃げている時に足の親指のつめをはがして血をダラダラ流していた。

「お前が外人をおちょくるからやぞー」

と言って、痛がっているそいつを見て、みんなゲラゲラ笑っていた。


西成《にしなり》で暴動が起こった。

原因は、西成警察署の刑事が暴力団から賄賂《わいろ》を受け取っていたことが発覚したのが発端だった。

ある日、警察官が犬にかまれ、その犬と飼い主を連行した。それにキレた日雇い労働者たちが暴れ始めた。

「お前ら、ヤクザから金もろうてるくせに、えらそうにぬかすなー」

なぜかすぐに暴動に発展した。

あちこちでバイクや車が火柱を上げて燃えていた。

コンビニや近くの駅も燃えさかっていた。近所に住む小学生や中学生が機動隊に向かって火炎瓶を投げこんでいた。

僕たちも、機動隊に投石する日雇い労働者と一緒になって石を投げたり、機動隊の放水でずぶぬれになったりした。そして、機動隊に追いかけ回され、必死になって逃げた。

同期の中の一人が逃げ遅れ、機動隊につかまった。

次の日、機動隊に殴られボコボコに腫れあがったそいつの顔と、その日のスポーツ新聞に書かれた『若手芸人、舞台間違える』の見出しを見て、みんなで笑いころげた。

お金がかからないという理由で大阪地方裁判所で裁判をひんぱんに傍聴した。

真面目な顔をした検事が読みあげる、風俗店の店名や、サービス内容に、笑いをこらえきれず、何度も裁判長に注意された。そして、帰り道の御堂筋《みどうすじ》で等間隔に設置された銅製のオブジェに一つ一つ笑えるタイトルをつけながら、30分で帰れるところを4時間かけて歩いたりした。

同期の中の一人がどうしてもテレビに出たいと言い出し、溜まり場のアパートのすぐ近くにある大阪球場で行われているプロ野球の試合中、グラウンドに乱入した。

その日の夜のスポーツニュース。セカンドベースの上で取り押さえられるそいつの姿をみんなで見て、お腹《なか》を抱えて笑い合った。

いろんなことをして遊んだ。あのちいさな部屋にカギをかけていた頃からは信じられないほど楽しかった。

そして、1ヵ月に一度行われる2丁目劇場のオーディションに受かるためにネタを創り、練習をして挑んだ。

だけど。

毎回、不合格だった。

何度受けても受からなかった。

同期の何組かは、何度もオーディションに受かり、レギュラーで劇場の出番をもらっていた。

たまに、テレビで同期の人たちを見かけるようになった。

怖かった。

初めて養成所でネタをやってから、一度もうけなかった。

初めて創ったネタ以外、誰も笑わすことができなかった。

意味が解らなかった。理解ができなかった。

もしかしたら。

僕には才能がないのかもしれない。

僕が高校をやめて、この世界に入ると決めた時、お母さんは泣きながら、学校はやめずに休学という形をとったほうがいいと言った。

お父さんは、もしその世界でダメでも帰ってこられるように、休学という形をとるべきだと言った。

僕は、それではこの世界でやっていけないと想った。

逃げ道を残しておくと、この世界ではやっていけないと想った。

逃げ道をなくして、今から入っていく世界しかないと、追いこむことがいちばんいいと想った。

僕は高校を2ヵ月でやめて、この世界に入った。

僕は逃げ道をなくして、この世界に入った。

僕には、この世界しかなかった。

怖かった。

部屋でマンガを読んでいると電話が鳴った。お母さんからだった。

「おじいちゃんが死んだ」

僕は生まれてすぐ、おじいちゃんとおばあちゃんにあずけられた。

僕はおじいちゃんとおばあちゃんが大好きだった。

小学生になると、週末はいつもおじいちゃんの家ですごした。

おじいちゃんが運転するトラクターのうしろに乗って、そこでおばあちゃんが作ってくれたおにぎりを食べた。

おじいちゃんのバイクのうしろに乗って、買い物に出かけたり、魚つりに行ったりした。お酒が大好きだったおじいちゃんは、僕を隣に座らせて、日本酒を飲みながら戦争の話や、若かった頃の話を聞かせてくれた。そして、「ちょっと飲むか」と言って、おちょこにお酒を少しだけ注《つ》いで、僕に飲ませてくれた。それを見つけて、いつもおばあちゃんが怒っていた。

そんな二人が大好きだった。

おばあちゃんは、中学生になって部屋に閉じこもった僕を、「旅行に行こう」と誘って、金沢にある兼六園に連れていってくれた。

金沢に向かう電車の中。停止信号で少しの間、停まった電車の中。隣のレールの上を歩く小鳥を見つめて、「鳥だって、たまには歩きたいもんね」と学校に行かない僕をはげましてくれた。

そして、兼六園でベンチに座り、学生服を着た修学旅行生がたくさんいる中、私服の僕に「昔みたいにおばあちゃんの家で暮らす？」と言ってくれた。

おじいちゃんとおばあちゃんは、何があっても僕の味方をしてくれた。

二人はいつも優しく笑ってくれた。

僕は家を出て大阪に行く時、おばあちゃんと二人で食事をした。

この世界に入ることを告げるとおばあちゃんは「まさか浩《こう》ちゃんがなぁ」と笑顔を浮かべて、「がんばりや」と言ってくれた。

そして、心配して反対するからおじいちゃんには言わないほうがいいと言った。おばあちゃんは「テレビで浩ちゃん見たら、おじいちゃんびっくりするやろなぁ」と言って笑った。

おじいちゃんには、僕は京都の家にいることになっていた。

おじいちゃんには、僕は高校に行っていることになっていた。

おじいちゃんは僕がこの世界に入ったことも知らずに死んだ。

おじいちゃんはテレビで僕を見ることなく死んだ。

僕は泪を流しながら電話を切った。


久しぶりにおじいちゃんの家に行った。

喪服を着たたくさんの人たちが集まっていた。

おじいちゃんは棺おけの中で静かに目を閉じていた。

また泪があふれてきた。

お母さんが隣に座った。

「おじいちゃん、ずっと言うてたんやで。浩史《こうじ》はどうしてんねん、浩史はどうしてんねん、ほんまに家におるんか、絶対おかしい、なんで遊びにけーへんねん」

僕はおじいちゃんに「ごめんな」と言って声を出して泣いた。

あいかわらずオーディションには受からなかった。何度受けても受からなかった。

どうすればいいのか解らなかった。

何をすればいいのか解らなかった。

不安で頭と体がいっぱいになった。

やめたほうがいいのかもしれない。

才能がないのかもしれない。

見つけたと想った未来は、間違っていたのかもしれない。

僕が来るべき世界ではなかったのかもしれない。

だけど。

学校をやめて、カギをはずし、あの部屋を出た僕には、もうこの道しかないと信じるしかなかった。

この世界から逃げ出し、また部屋にカギをかけて閉じこもるのは絶対に嫌だと想った。僕にはこの世界しかない。

僕は必死で自分にそう言いきかせた。

そんなある日。オーディションでネタを終えると、審査員の一人の構成作家が「一回出してみますか?」と、他の審査員に言った。

僕たちは、劇場の出し物の中のフレッシュコーナーという新人が出るコーナーに出場できることになった。

自信があった。

客の前では絶対うける。

見とけよ、ボケ。

僕たちは初めて2丁目劇場に立つことになった。

僕は彼女が誕生日にプレゼントしてくれたジャケットを着て舞台に立った。

初めて立った2丁目劇場の舞台はとてつもなく大きかった。

100人程度しか入らない劇場が、とんでもなく大きく感じられた。

その大きな舞台で、練習に練習を重ねたいちばん自信のあるネタを披露した。

笑い声を聞くことはできなかった。

まったくうけなかった。

誰一人笑わなかった。

舞台を降りると前から構成作家の一人が歩いてきた。「一回出してみますか?」と言ってくれた人だった。僕が「お疲れさまでした」と頭を下げると、その人は僕の顔を見ることもなく通り過ぎた。

僕は家に帰り、悔しくて目をつり上げた。僕は悔しくて頭を抱えた。

なぜうけなかったのか。

なぜ誰も笑わなかったのか。

なぜ誰一人笑わせることができなかったのか。

そしてなぜ、養成所で初めてネタを披露した時、うけたのか。

初めて創ったネタ。二日間で創ったネタ。

何も解っていない僕は、ただがむしゃらにネタを創った。

笑いを知らない僕は、ただ必死になって、想うがままにネタを創った。

むちゃくちゃなネタ。

支離滅裂なネタ。

そのネタで笑い声を確かに聞いた。

だけど。
それは、たぶん笑わせたんじゃなかった。
むちゃくちゃな笑いの創り方を笑われていただけだった。
支離滅裂なネタの構成を笑われていただけだった。
そんなことも解らず僕は、笑いを創ったと想っていた。
そんなことも知らず僕は、誰かを笑顔にしたと想っていた。
そんなことも知らずに僕は、笑いを創れると想っていた。
そんなことも解らずに僕は、誰かを笑顔にできると想っていた。
そして、誰もやっていない笑いを創れると思い上がっていた。
新しい笑いが創れるとのぼせ上がっていた。
僕は笑いを知らない。
養成所には、子供の時から笑いが大好きな人たちばかりが集まっていた。
子供の時から笑いばかりを観ている人たちばかりだった。
そして、学校や社会でたくさんの人たちを笑顔にしてきた人たちばかりだった。
僕はそうじゃない。

僕は子供の時から笑いが好きなわけでも、笑いばかりを観ていたわけでもなかった。

もちろん学校で誰かを笑顔にしたことなんて一度もなかった。

僕は笑いを知らない。

僕は何も知らない。

僕は笑いをなめていた。


次の日から僕は毎日2丁目劇場に足を運んだ。

【関係者以外立ち入り禁止】と書かれた立て看板の横を通り抜け、3階にある劇場に向かった。非常階段のあちこちでネタ合わせをしている先輩芸人にちいさな声で挨拶をして、毎日、舞台のそでにもぐりこんだ。

夕方6時半から8時半まで、毎日、舞台そでに座り、いろんな先輩のネタを観た。

夕方から深夜にかけて入っていたラーメン屋のバイトをやめて、西成で早朝から夕方までの日雇い労働を始めた。

毎日、舞台そでで笑いを観た。

毎日、舞台そででネタを観た。

スタンドマイクを出すのにじゃまだとスタッフに言われた。
コントのセッティングをするのにじゃまだとスタッフに怒られた。
そして「もう来るな」と言われた。
僕は「すいません」と謝って、次の日も舞台そででネタを観た。
間の取り方。言葉の選び方。構成の仕方。創造の仕方。笑いの創り方。
うけるネタ。うけないネタ。おもしろいネタ。おもしろくないネタ。笑える芸人。
笑えない芸人。上手い芸人。上手くない芸人。おもしろい芸人。おもしろくない芸人。
僕は毎日、舞台そでから笑いを観た。
僕は毎日、舞台そでから笑いを学んだ。
いつかその舞台に立つために。
いつかその舞台で笑い声を聞くために。

# 第2章　18歳

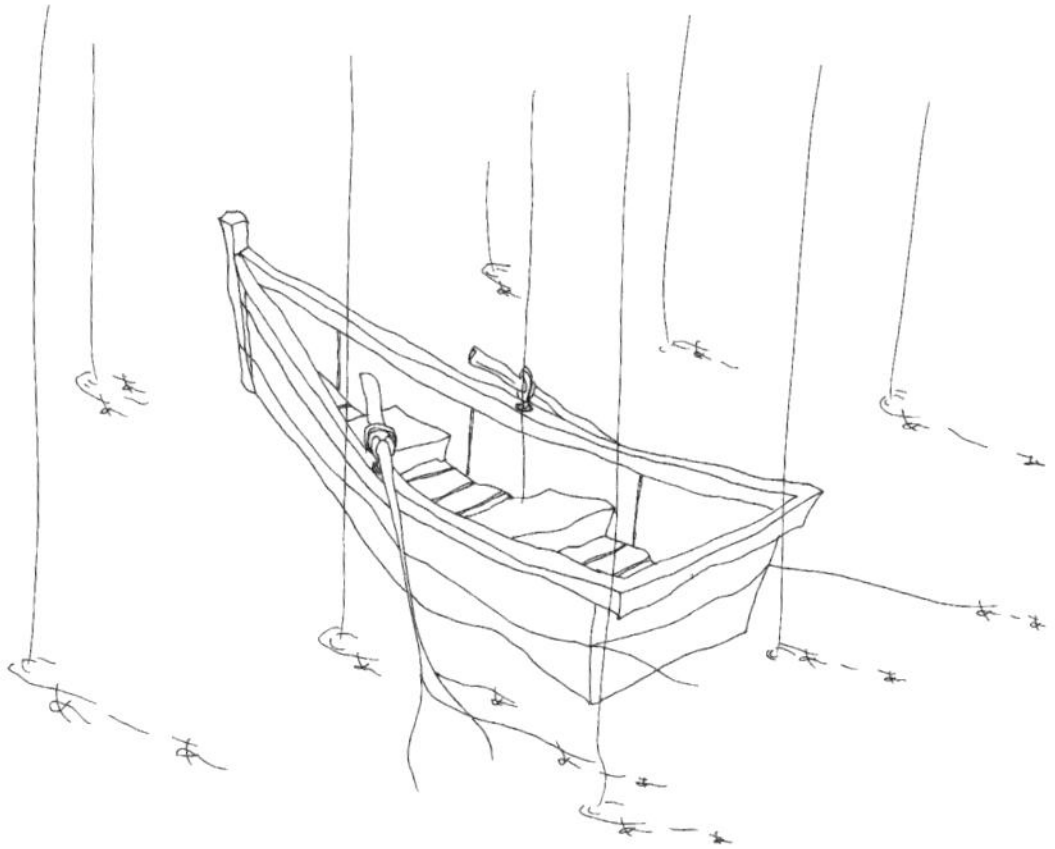

この世界に入って3年がたった。

一本のネタを書き上げた。

毎日舞台そでで学んだことを僕にしか創れない形にして、丁寧に創りあげた。

輪郭を毎日舞台そでで学んだ笑いできっちりと描き、その上に僕にしか出せない色を載せてぬりあげた。

何か今までのネタと違う気がした。

だけどこれでいいのか自信はなかった。これで正しいのか確信はなかった。

何度も練習したそのネタをオーディションでやり終えると、審査員の一人が「えーがな」と言ってくれて、僕たちは舞台に立てることになった。

本番前。

僕たちは非常階段で最後のネタ合わせをして、舞台に飛び出した。

照明がまぶしかった。両足が大きく震えていた。僕は震えをおさえるために、つま先に力を入れ、両足の指をギュッと縮めた。そして、何度も繰り返し練習したネタを始めた。目の前をおおっていた靄《もや》のようなものが少しずつ薄れ出し、ぼんやりと客席が見えた。お客さんが笑っていた。

僕は、大きな舞台の上で初めて笑い声を聞いた。

初めてネタを創ってから、3年ぶりに笑い声を聞いた。

体中が震えた。

髪の毛が逆立っているような気がした。

そして。

僕はやっと芸人になれた気がした。

しばらくして、僕たちは毎回オーディションに受かるようになり、レギュラーで舞台の出番をもらえるようになった。

舞台が終わり、お客さんが書いたアンケートを見ると、おもしろかったコンビという欄に僕たちの名前が書かれるようになった。

2丁目劇場で2ヵ月に一回行われるネタのトーナメント大会に出場し優勝した。

テレビで5週勝ち抜くと優勝賞金がもらえる番組が始まった。

テレビに初めて僕の創ったネタが流れた。5週勝ち抜き優勝した。僕はバイトをせずに、なんとか生活ができるようになった。

ホステスをしている彼女が「今日、店に来たお客さんが、浩史とお兄ちゃんの話してた」と言って、すごく喜んでいた。

だけど。

なぜか僕と彼女はケンカばかりするようになった。

なぜだか解らないけれど、ケンカばかりが続いた。

そして、僕と彼女はあまり話をしなくなった。

僕と彼女はあまり会わなくなった。

僕は笑いのことしか頭になかった。

僕は笑いのことだけを考えるのが楽しくて仕方なかった。

僕は頭の中で彼女のことを考えることがなくなった。

「別れよ」

ある日、彼女はつぶやいた。

「そやな」

3年間つき合った僕と彼女はあっけなく別れた。

テレビ局が主催する漫才コンクールに出場することになった。毎年行われているこのコンクールでは、過去そうそうたる先輩たちが受賞している。

僕たちは今まで創ったネタの中でいちばん自信のあるコントで出場することに決めた。

会社の人は、漫才コンクールなのだから、コントではなく漫才に形を変えてやるべきだと言った。

僕は今までやってきた形で勝負したかった。コントを漫才に変えるのは、どこか媚《こ》びているようで嫌だった。

テレビ局主催の漫才コンクール。

300組近いコンビの中から予選を勝ち抜いた9組の出場者。

出場者はそれぞれビデオで親しい先輩や、お世話になっている先輩に紹介されて、登場し、ネタを披露する生放送。

6組目。僕たちが紹介された。

コントをした。

大きな会場に笑い声が響いた。

出場者の中でいちばん大きな笑い声を聞くことができた。

勝ったと想った。

僕たちはいくつかある賞のどれも受賞できなかった。悔しかった。

コンクールが終わり、ビデオで僕たちを紹介してくれた先輩にお礼の電話をした。


この先輩は、僕がこの世界に入ってすぐの頃から、いろんなことを教えてくれた。この世界のこと。笑いのこと。いろんなことを教わった。

この先輩と初めて会ったのは僕が16歳の時。ある先輩の引っ越しの手伝いで何人かの後輩が呼ばれた。その後輩の中に僕もいた。引っ越しが終わり、みんなで話をしていると、同じマンションに住んでいたその先輩が現れた。テレビでしか観たことのないその先輩にすごく緊張しながらみんなで話をした。

しばらくして、「ほな、行くわ」と言って、その先輩が立ち上がった。僕たち後輩も全員立ち上がり、大きな声で「お疲れさまでした」と言って頭を下げた。すると先輩はなぜか、たくさんいる後輩の中から僕を指差し、「お前、明日何してる？」と訊いてきた。僕はさらに緊張しながら「何もしてません」と答えると、「明日、買い物行くから2時に家に来てくれ」と言って帰っていった。

次の日、僕は約束どおり2時に先輩の家に行き、買い物につき合い、食事をごちそうしてもらった。

それから、よく先輩に誘ってもらうようになった。

一緒に街を歩きながらいろんな話を聞かせてくれた。笑いのこと。舞台のこと。テレビのこと。この世界のこと。一緒にご飯を食べながらいろんな話を聞いてもらった。

ある時、この先輩と、もう一人いつもすごく明るい先輩と三人で飲みに行った。カラオケパブのような店だった。先輩の知り合いの女性も何人かいた。

後輩の僕は、先輩たちの飲み物を注文したり、カラオケの番号を紙に書いて店員に渡したりしていた。すると女性たちも一緒になって、僕に飲み物を注文したり、カラオケの番号を書かせたりしてきた。僕は先輩の手前、黙って、女性たちの指示にしたがって動いていた。

するとその中の一人の女性が、僕の前に小銭を置き、「タバコ買ってきて」と言った。その瞬間、いつも明るい先輩が大声で、「お前ら、えーかげんにせーよ。こいつは俺の後輩やけどなー、お前らの後輩ちゃうんじゃー」と怒鳴った。昔からいろんなことを僕に教えてくれる先輩はグラスに入った飲み物を飲みほし、「そらそうや、店出よ」と言って席を立った。三人で店を出た。

僕は前を歩く二人の背中を見つめながら、素敵な世界にいることを実感した。僕はこの世界に入ってよかったと想った。そして僕もこんな風になりたいと想った。

電話がつながった。

「VTR、ありがとうございました。ダメでした」

先輩は「観てたよ、飯行こか」と、食事に誘ってくれた。何人かの芸人と一緒に食事をした。帰りのタクシーで、その先輩と二人きりになった。

「お前らがいちばんおもろかったけどなぁ」

うれしかった。先にタクシーを降りた僕は「ありがとうございました」と言って先輩を見送った。

大阪球場の前に数年前からいつも一軒だけ屋台のラーメン屋が出ていた。

ある日の深夜、僕は一人でのれんをくぐった。

「いらっしゃい」

腰にエプロンを巻いた白髪まじりで短髪のおっちゃん。

50歳を過ぎたあたりだろう。

僕がラーメンを注文すると、おっちゃんは僕の顔を見て、「おっ、芸人さんやがな」と言った。

道を歩いていて、若い人たちにはたまに気づかれたりするようになってきたけれど、こんなに年配の人に気づかれたのは初めてだった。

僕が「はい」と答えると、おっちゃんは、「これサービスや」と言って、コップ酒を出してくれた。

僕が「ありがとうございます」と言っていると、すぐにラーメンが出てきた。

ラーメンを食べながら少し話をした。

おっちゃんは、やたら芸人に詳しかった。

ラーメンを食べ終わり「ごちそうさまでした」と言ってお金を払おうとすると、おっちゃんは「芸人から金取れるかいな」と言って、軽く右手を挙げた。そして「がんばれよ。なぁ、がんばらな、あかんぞ」と何度も言っていた。

それから僕はよくここに来るようになった。

今日で六回目。

客は僕だけだった。

屋台の柱に引っかけられたちいさなラジオからは、いつも先輩の芸人が日替わりでやっている深夜放送が流れていた。

そして、いつもと同じように「がんばれよ。がんばらな、あかんぞ」と言って、僕を見つめた。僕がいつものように「うん」と答えると、おっちゃんは少しだけ決心したような表情を浮かべて、ポツリポツリ話し出した。

おっちゃんのお兄さんは、十数年前まで僕と同じ会社の芸人だった。

その人は僕がすごくちいさい頃、テレビで何度か観たことがある人だっただけど。

その人は絶頂期、自ら命を絶った。

そこまでしゃべると、おっちゃんはまた僕を見つめて「がんばれよ。芸人、死んだら終わりや。死んだらあかんぞ。死んだらがんばられへんからなぁ」と言って、笑った。

僕は「うん」と答えて、屋台を出た。

雑誌の取材。今まで受けたことのある取材と違い、兄とは別々でのインタビューだと聞かされた。一人で取材を受けるのは初めてだった。2丁目劇場の屋上にあるプレハブ。そこに入ると中年の男性と、20代前半に見える若い男性が待っていた。二人が挨拶をしてきた。僕はちいさな声で挨拶をし、パイプ椅子《いす》に座った。僕は取材があまり好きではなかった。

若いほうの男性がインタビュアー。質問が始まった。今までの雑誌の取材で受けてきた質問と少し違った。僕たちの舞台やテレビを何度も観ていないと出てこない質問を投げかけられた。真剣に答えたくなる質問を、率直で明確に投げかけられた。

僕は背もたれから背中を離し、丁寧に言葉を選びながら質問に答えた。こんな取材は初めてだった。

このインタビュアーは100組以上いる若手芸人すべてに取材をして、その中の二組に密着するらしい。その一組が僕たちになった。

ある日、舞台が終わり、劇場を出るとあのインタビュアーがうしろから声をかけてきた。

僕は軽く頭を下げた。彼は今日の舞台を観ていたらしく、感想を述べてから、僕のこのあとの予定を訊いてきた。

僕は道頓堀にある居酒屋に行くと答えた。この居酒屋は、若手芸人の溜まり場になっていて、僕は一年ぐらい前からほぼ毎日のように足を運んでいた。

彼は「一緒に行ってもいいですか？」と訊いた。僕は「まあ、はい」と答え、戎橋を渡った。道頓堀を歩いていると、彼は、居酒屋の手前にある映画館に貼られた『トゥルー・ロマンス』という映画のポスターを指差しながら「一緒に観ませんか？」と言った。

僕はあまり知らない人と一緒に映画を観る気にはなれず、誘いを断り居酒屋に入った。彼は隣に座り、いろいろなことを訊いてきた。僕は彼のストレートで率直な質問が嫌いじゃなかった。いろんな話をした。

彼は僕より4歳年上で23歳だった。

僕たちは朝までお酒を飲んだ。酔った二人。彼は僕の家に泊まると言った。そして僕はベッド、彼はソファで寝た。朝、目を覚ますと、彼はすでに起きていて、僕のビデオラックに入っていた映画を観ながらブツブツ言っていた。


僕は彼と友達になった。

密着取材が終わっても彼とはひんぱんに会った。いろんな話をした。過去の話。現在の話。未来の話。夢の話。時にはケンカもしながら、いろんな話をした。

彼と出会って3ヵ月がたった。

彼はいつもの居酒屋で「いつかお前で映画を撮る」と言った。彼の夢は映画監督になることだった。

僕はこいつの夢が叶《かな》うといいなと想った。

一緒に映画を観に行った。そのあと、感想を言い合いながら、お酒を飲んだ。そして、東大阪にある彼の実家に泊まりに行った。家の裏にある小学校のプールにもぐりこんで、素っ裸で二人で泳いだ。

満月だった。

朝、目が覚めると彼はいつか撮るための映画の脚本を書いていた。僕は、彼の背中を少し見つめて、ネタを創るために家に帰った。


明日はソロライブのチケット発売日。

今まで2丁目劇場で何度かソロライブを行った。回を重ねるごとにたくさんのお客さんが入るようになった。そして、次第にチケットがすぐに売り切れるようになった。

若い女性が多い2丁目劇場で、お客さんを20歳以上や、男性だけに限定して行ったりもした。だけど今回は違う。

今まで立ったことのない舞台の大きさ。客席は1000席以上。僕は不安だった。

1000人もの人たちが僕たちのコントをお金を出して観に来てくれるんだろうか。

1000人もの人たちが僕の創ったコントを観たがるんだろうか。

僕はいつもの道頓堀にある溜まり場の居酒屋にいた。

マスターと何人かの芸人と、いつものように軽い会話をかわしながらお酒を飲んだ。

お客さんと芸人は帰り、店には僕とマスターだけになった。外は少し明るくなってきた。僕は家に帰りたくなかった。

体は疲れているけど、家に帰っても眠れそうになかった。

チケットが売れるのか心配だった。あの大きな会場が、僕たちのコントを観たい人たちで埋まるのか不安だった。

マスターは店の後片付けをすべて終えていた。

「もう帰るぞ」

僕はなぜか家に帰りたくなかった。

「ほな、店の合いカギ渡しとくから、ここで寝て帰れや。ほなな」

マスターはそう言って、外からカギをかけバイクで帰っていった。

僕はカウンターの椅子を五つ並べて、そこに寝ころんだ。

店のカベと天井には数々の芸人のサインといろんなライブのポスターがところせましと貼られていた。

数時間後にチケットが発売される僕たちのソロライブのポスターもカベと天井に一枚ずつ貼られている。白い歯を見せ、ほほえんでいる兄と、その横で、自信のなさを虚勢でなんとか隠そうとしているかのように、目をつり上げにらんでいる僕が立っているポスター。僕は天井に貼られたそのポスターをしばらく見つめていた。

いつの間にか眠っていた。時計を見ると、2時間近くたっていた。

10時50分。

チケットは10時から発売されている。チケットの売れ行きがどうしても気になり、店にあるピンク色の電話の受話器を握った。10円玉を入れて、チケットセンターに電話をかけた。オペレーターとつながりライブの日程とタイトルを伝えた。

「売り切れました」

僕は受話器を強く握りしめたまま、電話機に戻した。そして椅子を元の位置に直し、カギをかけ、朝の汚い道頓堀を足早に歩いた。

1000人以上の人たちで埋めつくされた会場は、とてつもなく大きかった。僕はその舞台をいつも立っている2丁目劇場の舞台と同じ大きさに区切った。中幕で舞台をせばめ、いつもと同じ大きさの舞台を作った。そこから1000人にコントを見せた。今まで聞いたことのない笑い声を聞いた。


大阪の大きな商店街で営業があった。

師匠と呼ばれる大先輩と、一緒だった。商店街の真ん中に作られたやぐらがステージだった。10分間のネタと、ビンゴ大会の進行が仕事の内容だった。僕は嫌だった。なんでそんなことせな、あかんねん。

ネタをするためにステージに上がった。立ち止まってステージを見ている人。こっちをいっさい見ず、買い物をしている人。足を一旦止めて、すぐに通り過ぎる人。そこで僕たちはネタを披露した。ほとんどの人が観ていなかった。ほとんどの人が笑っていなかった。

僕は、少しでも早くステージを降りたかった。

ネタが終わり、ビンゴ大会が始まった。ビンゴ大会の司会は師匠と呼ばれる大先輩だった。ビンゴ大会が始まると、賞品がもらえるということで、たくさんの人たちが集まってきた。師匠は、笑いをまじえながら軽快に進めていた。僕は、何も言わず、ただそのステージに突っ立っていた。

するとやぐらのいちばん前で見ていた60歳ぐらいの男性が、僕を指差し突如叫び出した。

「お前、さっきから何しとんねん」

ろれつが回っていなかった。泥酔していた。

「俺はな、お前んとこの事務所の会長知っとんねん。お前みたいなカス、いつでも消せんねんぞ、こらー」

今まで盛り上がっていた空気が、一瞬にして凍りついた。汗が体中から噴き出るような感覚がした。

ステージからその男性の顔だけが見えていた。顔面思いっきり蹴ったんねん。僕はそう想った。その男性に向かって、足を一歩踏み出した。すると突然、前を向いていた師匠が振り返り、僕の前に立ちはだかった。

そして、僕に顔を近づけ、すごくちいさな声で「キレたら負けや」と言って、すぐに前を向き、師匠は自分のギャグを大きな声でやり始めた。冷えきった会場が一瞬にしてドッとわいた。師匠はギャグを続けた。僕はその背中を見つめながら泪が出そうになるのを必死でこらえた。

ビンゴ大会が終わり、控え室に戻った。僕は師匠のところに行き、謝った。

「すいませんでした」

「かまへん、かまへん。気にすんな」

師匠は笑いながらそう言って、帰っていった。僕は「ありがとうございました」と言って師匠の帰っていくうしろ姿を見つめた。


2丁目劇場でテレビ番組の収録があった。

劇場に出ている芸人すべてが出演し、トーナメントでネタを競い合う。

この劇場の舞台に立っている芸人の中で、誰がいちばんおもしろいのか？

僕たちは決勝に勝ち進んだ。決勝で戦うのは一年先輩のコンビだった。

この人たちは、僕がこの世界に入ってすぐに出場した、神社の境内で行われる漫才コンクールで、その年優勝した人たちだった。それ以後、いろいろなコンテストで賞を総なめにしている実力派のコンビだった。

テクニックで勝負しても勝てるはずがなかった。正攻法で勝てるわけがないと想った。

先輩たちは、いつもどおり素晴らしいテンポと、まったくぶれない間で得意ネタをやり終えた。僕たちは今まで一度もやったことのないネタをした。テクニックのかけらもない、ただただ自分たちがおもしろいと想えるネタを誰よりも楽しみながら披露した。やりたいことをやりたいようにできた。

舞台の上で予想以上の笑い声を聞いた。

審査員のベテラン芸人はかなり迷って先輩たちのネームプレートを挙げた。先輩たちが優勝した。

僕は満足だった。やりたいことをやりたいようにやり、たくさんの人たちと笑いを共有することができた。

楽屋に戻ると決勝で戦った先輩コンビの一人が僕に、少し悔しそうな表情を浮かべながら言った。

「なんか俺ら、かっこ悪いやんけ。お前らの勝ちや」

僕は「そんなことないです」と言って、楽屋を出ていく先輩を見送った。

2ヵ月後。

その先輩は肝炎を患い、亡くなった。

葬儀には数々の芸人とたくさんのファンの人たちが参列した。あちこちから泣きわめく悲しい声が聞こえた。

棺おけの中には、先輩が今まで書きためたネタ帳が入っていた。

僕はそのネタ帳の多さを見て、勝てるわけがなかったと想った。そして先輩の安らかな表情を見つめて両手を合わせ、冥福《めいふく》を祈った。

2丁目劇場の出番が終わり、後輩三人と街に出た。その中の二人はコンビだった。

戎橋の3本北にある人通りの少ない橋の上でつまみを広げ、お酒を飲んだ。

たわいもないバカ話をしては笑っていた。何げなく橋の下をのぞくと、道頓堀川に一艘《そう》のボートが係留されて浮かんでいた。

「乗ろか」

僕たちは橋の欄干を飛びこえ、さびた鉄の階段を一気に下りて、ボートに乗りこんだ。

ボートの中にオールが2本置かれていた。鉄の杭のもやい綱をほどき、ボートをこいだ。毎日のように見ている道頓堀川の水面に浮かぶのは初めてだった。風が気持ちよかった。

橋を2本くぐった。戎橋の横で光る、大きなグリコの看板を初めての角度から見上げた。戎橋の上にはたくさんの人たちがいた。橋の上にいる何人かの人たちが、ボートの僕たちを見つけ騒いでいた。僕たちは、戎橋をくぐり、1時間近くボートをこいだところで停留し、お酒を飲んだ。

後輩の一人が持ってきていたラジカセで音楽を流し、またバカ話をしながら空を見上げた。しばらくボートの上ですごしたあと、元の場所へ戻った。もうグリコの看板のネオンは消えていた。元の場所へボートを戻し、階段を上って橋の上に出た。

橋の上で、女性二人が男四、五人にナンパされていた。女性二人は誘いを断っていた。

僕たちが橋を渡ろうと歩いていると、女性二人が僕たちに気づき「握手してくださ い」と男たちを振り払ってかけよってきた。

握手をしているとうしろから男の声が聞こえた。

「火、貸してくれや」

僕のうしろにいた後輩の一人がナンパをしていた男の一人にタバコをくわえた顔を近づけられて、凄《すご》まれていた。

「火、貸してくれ言うてんねん」

すると言われている後輩の相方がその男に一本背負いを決めた。

次の瞬間、ナンパをしていた男たちと、少し離れたところにいた同じグループの総勢九人に囲まれ「調子のんなよ、こらー」と一本背負いをした後輩が顔面を殴られた。

「殺すぞ」

数人から何発も殴られた。止めようとした僕もボコボコに殴られた。4発目の拳で左目の下が裂け、血が噴き出した。倒れたところを蹴られまくった。全員血まみれ。

「何しとんのじゃー」

中年の男性の声が飛びこんできた。橋を渡ったところに事務所をかまえているヤクザだった。

「おのれら、どこで騒いどんねんっ」

パジャマを着た、パンチパーマのヤクザは、いろんなものがしみこんだ赤黒い木刀を片手に近づいてきた。九人の男たちはクモの子を散らすように消えた。僕たちはアスファルトの上に倒れこんだままだった。

「おい」

ヤクザはいちばん手前に倒れている僕を見下ろしながら言った。

「お前ら、やられたままで黙ってんのか。これ貸したるからシバき返してこい」

ヤクザはしゃがんで僕の胸に木刀をゴンゴン押し当てながら言った。

「大丈夫です、大丈夫です」

僕がそう言うと、ヤクザは、「ヘタレやのー。まぁ、とにかくこのあたりで騒ぐな」と言って立ち上がり、事務所へ帰っていった。

街は静まり返っていた。

ふと気がつくと、倒れているのは三人で、「火貸してくれや」と凄まれた後輩がいなかった。

あいつらに拉致《らち》られた。

そう想った僕たちは立ち上がり、血まみれのまま、その後輩の名前を何度も叫んだ。

顔面をパンパンに腫らし、口の中を流れる血を何度も飲みこみながら、後輩の名前を叫んだ。

　すると、少し離れたラブホテルの入り口の陰から、その後輩が顔を出した。

「何してんねん」

「違うんすよ、逃げたわけじゃないねん。一発どつかれて、めっちゃ痛かったから、ちょっと休憩してただけなんすよ」

「うそつけー」

「ほんまですって、ごめんな」

　血を洗い流そうと、近くの銭湯に向かった。

　血まみれだということで断られた。

　雨が降ってきた。

　僕たち四人は雨に打たれながら大阪の街をトボトボと歩いた。

「ボート乗ってる時は楽しかったのになぁ」

「ほんまやなぁ」

「なんか映画みたいっすねぇ」

「どこがやねん」

僕たちは血まみれで少し笑った。

次の日、会社の人にこっぴどく怒られた。

「お前ら、何してんねん。そんな顔でテレビ出れるかー」

僕たちはその日、テレビの収録があった。

四人のうち三人の顔がパンパンに腫れあがり、白目が真っ赤に充血していた。

僕たちは「すいませんでした」と謝った。

「まぁどつかれる側やったからえーけど。お前ら外で人、絶対どついたらあかんぞ」

僕たちはもう一度、「すいませんでした」と言って、サングラスをかけて、収録に参加した。

# 第3章　20歳

家の電話が鳴った。

「もしもし」

ミナミにある、たまに行くちいさなバーのマスターからだった。

「あの娘、明日店に来るって」

あの娘。

カウンターだけのちいさなバー。

そんなマスターの店のカベには、お客さんの写真がたくさん貼ってある。

その中の一枚にあの娘はいた。

僕と同じ20歳。

妹と二人で神戸に住んでいて、美容師をしているらしい。店には2ヵ月に一回ぐらいのペースで来るとマスターが言っていた。

僕は半年前から、写真に写るあの娘を紹介してほしいと、マスターに頼んでいた。

あの娘はマスターに明日の10時頃、友達と一緒でもよければ店で僕と会ってもいいと言ったそうだ。

「解った。ありがとう。じゃ、10時に行くわ」

僕はマスターにそう言って電話を切った。

舞台を終え、僕は一人、ちいさな劇場を出た。たくさんの人たちに囲まれ、握手とサインを求められた。僕は無表情のままそれらに応え、人だかりを抜け出し、ちいさなバーへ向かった。

10時5分前。ドアをあけると店にはまだマスター以外、誰もいなかった。僕はいつものいちばん奥の席に座りビールを注文した。

マスターと写真のあの娘の話をしているとドアがあいた。女の子が三人入ってきた。三人目に写真のあの娘がいた。想っていたよりちいさかった。

あの娘は僕に少しだけ頭を下げて、一つ席を空けた隣に座った。

話をした。とぎれとぎれだけど、いろんな話をした。すぐに2時間がたった。僕は明日、二人きりで会ってほしいと言った。

うなずいてくれた。

生放送を終えてタクシーに乗りこみ、昨日あの娘と決めた待ち合わせ場所に向かった。あの娘は先に着いていた。僕たち二人は食事をするために店まで歩いた。何人かの人たちが僕に気づき、コソコソ何かをしゃべっていた。それに気づいたあの娘は僕から少し離れて歩いた。

僕たちはご飯を食べながら話をした。

僕たちはお酒を飲みながら話をした。

すぐに電車のない時間になった。

「まだ大丈夫？　もう一軒行こうや」

あの娘は、マスターの店に一緒に来た大阪に住んでいる友達の家に泊めてもらうから大丈夫と言った。僕たちは二軒目の店に入った。

その店で僕はつき合ってほしいと言った。あの娘は、会ったばかりで何も知らないからそんな急には無理だと言った。

僕は明日も会ってほしいと言った。次の日、仕事が休みだったあの娘は、ちいさくうなずいてくれた。次の日は僕も休みだった。

僕たちは朝の10時から会う約束をして別れた。家に帰った僕はうれしくてすぐに寝つけなかった。眠りについてから、そんなに時間がたっていないはずの早朝、目が覚めた。

爆音。

目をあけると本棚から大量のマンガとビデオテープが部屋のあちこちに飛び散っていた。たれ下がった蛍光灯の笠が天井にぶつかりながら揺れていた。僕はスウェットのまま部屋を飛び出し、6階から階段を使ってマンションの外に出た。隣接する商店街や向かいのアパートからたくさんの人たちが出てきていた。僕はそこでマンションを見上げながら何度も地響きを聞いた。

阪神大震災。

部屋に戻りテレビをつけると、見慣れた高速道路が真っぷたつに割れて倒れていた。ヘリコプターの音とサイレンが鳴り響いていた。僕はあの娘のポケットベルを鳴らそうと受話器を握ったけど、つながらなかった。

午前10時。電話が鳴った。

「もしもし」

あの娘からだった。

大阪の友達の家に泊まっていたあの娘は、神戸で一緒に暮らしている妹が心配で、地震のあとすぐに友達の家を出たらしい。そしてヒッチハイクをして神戸に向かったけど、尼崎《あまがさき》で動けなくなったと言った。尼崎駅前の公衆電話からだった。

電車も車も動かない。僕はあの娘がいる場所と服装を詳しく聞いて、電話を切り、後輩に電話をかけた。ボートに乗ったあと、九人グループの一人に一本背負いを決めた後輩。彼は普段バイクに乗っていた。

「迎えに行ってほしい」

「解りました」

僕は後輩にあの娘がいる場所と服装を伝えた。

後輩はすぐに迎えに行ってくれた。

2時間半後。

後輩があの娘を連れて、僕の家にやってきた。

あの娘の顔は真っ白でほおに泪のあとがあった。僕は後輩にありがとうと言ってあの娘を部屋に上げた。

あの娘はちいさな声でありがとうと言ったきり、ずっと黙っていた。妹が心配でずっと黙ったままだった。

食事を勧めてもあの娘は食べなかった。

二日間、何も食べなかった。

テレビをつけると、黒い煙を上げて燃える神戸の街が映っていた。赤い炎を上げて燃えるあの娘の街が映っていた。亡くなった人の名前が次々と読みあげられていた。

あの娘は泪を流しながら、祈るようにテレビを見つめていた。

あの娘が僕の部屋に来て二日目。

朝。あの娘のポケットベルが鳴った。妹からだった。あの娘は僕の家の電話番号を伝えた。

すぐに電話が鳴った。

妹は地震直後、同じマンションに住む人たちと近くの学校に避難していた。

夕方、妹が僕の部屋に来た。

話を聞くと、姉が帰ってきたら起こしてもらおうと、自分の部屋ではなくリビングのコタツで寝ていたらしい。そのおかげで倒れてきたカベや家具をコタツが支えて守ってくれた。倒壊したマンションの中、もし自分の部屋で寝ていたら確実に死んでいただろう。

あの娘は泪を流しながら、僕の部屋に来て初めてご飯を食べた。

僕はあの娘たちの実家までの航空チケットを、会社に頼んでなんとか手に入れてもらい、手渡した。

あの娘と妹はありがとうと言って実家に帰った。

僕とあの娘は毎日のように電話で話をした。

あの娘は僕に何度もありがとうと言った。

あの娘が実家に帰ってから3週間がたった。

あの娘は来週帰ってくると言った。

そして、電話を切ったあと本棚に入っている国語辞典を見て、と言った。

電話を切り、言われたとおり、国語辞典を手に取った。

国語辞典をケースから抜き取り、ページをパラパラめくっていると、一枚の紙がはさまれていた。

「あと七日で会えるね」

あの娘の文字だった。

たぶん、実家に帰る前に、あの娘が入れたんだろう。

それから毎日、あの娘が指定する場所にはちいさな手紙が隠されていた。僕はあの娘にますますひかれていった。

七枚目の手紙。

「やっと明日会えるね」

次の日、あの娘が僕の家にやってきた。

僕たちはつき合った。


ある日、弟子が何人もいる大先輩に僕と兄は呼び出された。同じ会社に所属するその先輩はすごく怖いと評判で、面識はなかった。僕と兄は呼び出された理由が解らず、恐る恐る先輩が出演している大きな劇場の楽屋を訪ねた。

僕たちが楽屋をノックし、名前を告げて挨拶すると、「おー」と楽屋のドアがあき、先輩が現れた。僕と兄はもう一度、「おはようございます」と頭を下げた。

頭を上げると先輩は、「お前ら、テレビで観てて、一回飯行きたいなぁ想ててん。飯行こ」と言った。

そして、先輩は、僕たち二人を交互に見て、「お前ら、汚い格好してんのー、ついて来い」と劇場をあとにした。難波の地下街にあるブティックに入ると先輩は「好きな服選べ」と言った。僕と兄は「はい。ありがとうございます」とまた頭を下げた。値札を見ると、ジャケット一枚が僕たちの月収をはるかに超えていた。僕が紺色のジャケットを一枚選ぶと、先輩は「お前、芸人やろ。派手な赤いほうにせー」と言った。僕は「はい」と、持っていた紺色のジャケットの隣に掛かっていた赤色のジャケットに持ち替えた。

「兄ちゃんはどれにすんねん」

先輩にそう言われた兄は緊張して、「じゃ、僕も同じのを」と答えた。僕はなんでやねんと想った。

先輩は店員に数十万円を支払い、「このまま着ていくから包まんでえーわ」と言って店を出た。僕と兄は同じ色の同じジャケットを着て、先輩のうしろを二人並んで歩いた。すごく恥ずかしかった。ショーウインドーに映る、同じジャケットを着て歩く自分たちを見て、少し笑った。

難波の細い路地を入ったところにある天ぷら屋に連れていってもらった。

天ぷら屋で先輩は僕たちに「お前らヤンチャそうやのー。芸人はな、ヤンチャやないとあかん。ヤンチャやないと艶《つや》が出ん」と言って、笑っていた。

僕と兄は「ありがとうございました」と、頭を下げて先輩を見送った。


僕たちがメインのテレビのレギュラー番組が始まった。いろいろな芸人のネタをランキング形式で見せていく番組。その番組の司会と、間に入るフリートークのコーナーを任された。

一本目の収録。大量の汗が出た。何か緊張からくる汗ではないような気がした。途中、吐き気がした。立っているのがやっとだった。

「それでは、また来週」

そう言い終えると僕はステージに座りこんだ。体温を測ると、想っていたほどではなく微熱しかなかった。風邪だと想った。

毎日、忙しかった。他のレギュラー番組、ラジオ、舞台、学園祭、営業などいろんな仕事をした。

微熱が1ヵ月続いていた。

深夜のラジオ。1時から3時までの生放送。何度も吐き気がした。夜中3時半、僕は体中に不快感を覚えながら家に帰った。明日は朝9時からテレビ番組の生放送。すぐに眠りについた。咳《せ》きこんで目を覚ました。嘔吐していた。布団から起き上がり、便器に顔を突っこんで朝まで吐いた。

番組収録現場に行くと、僕と兄にジャケットをプレゼントしてくれたあの大先輩が声をかけてきた。

「お前どうしたんや、顔色悪いぞ。これ終わったら病院行ってこい」

僕は、このあとも仕事があることを伝えた。

「体あってのことや、俺が会社に言うたるから病院行ってこい」

僕は「ありがとうございます」と言って、番組を終えると病院に向かった。

診察室に入り、簡単な診察を受けると、

「即、入院です」

医者にそう言われ、ストレッチャーに乗せられたところで僕の意識はなくなった。

急性肝炎。

半年前に亡くなったあの先輩と同じ病気だった。先輩は急性肝炎が悪化し、亡くなった。通常、20～40という肝臓の数値。僕は4000を超えていた。会社の人と、お母さんが病院に呼ばれた。

「五分五分です。A型肝炎なら助かりますがB型肝炎なら危険です」

お母さんはその場に倒れこんだ。

目が覚めた。五日間意識を失っていた。

その間に誕生日を迎え21歳になっていた。

絶対安静で面会謝絶だった。

腕に何本もの管がつながっていた。

少しの間だけ目を覚まし、ほとんどの時間が記憶になかった。

目を覚ますと、目の前が白くぼんやりと見えた。尿道に通されている管のせいで激痛を感じた。

だけど、目を閉じるとすぐに痛みを忘れることができた。すぎていくほとんどの時間に記憶がなかった。

2週間後、A型肝炎で命に別状はないと診断された。僕は死ななかった。

お母さんはベッドで寝ている僕の手をさすりながら、ジロが助けてくれたんやと言って泪を流した。


小学二年生になったある日。学校から家に帰ると、誰もいなかった。台所に入ると、一匹のちいさな茶色い犬がミルクをなめていた。僕はその犬をじっと見つめたあと、なぜか近よることができず、家の外で誰かが帰ってくるのを待っていた。しばらくするとお母さんが買い物から帰ってきた。

お母さんは家の前に立っている僕に「そんなとこで何してんの？」と言って家に入っていった。僕がついていくと、お母さんはちいさな茶色い犬を抱きかかえ、頭をなでながら、

「この子、今日から家族やで。ジロっていうねん。かわいがってあげてや」

と言って笑った。

これが僕とジロの初めての出会いだった。

それから僕とジロは毎日のように遊んだ。

いろんなところに一緒に行っては遊んだ。

誰にも言えないことがあると僕はジロにしゃべった。僕はジロといろんな話をした。

11歳の時。いつものように友達の家まで誘いに行った。友達は出てこなかった。友達のお母さんが「いない」と言った。僕が帰ろうとすると、家の中から友達のお母さんの怒鳴る声が聞こえた。

「あんた、まだあんな子と遊んでんのか」

「あんな子と、遊んだらあかん言うてるやろ」

僕は泪が出そうになった。

11歳の僕は必死に泪をこらえた。

その日の夜も、僕はジロと話をした。

14歳の時、学校に行かなくなった僕。

部屋に閉じこもった僕。

そんな僕の行動が理解できないお母さん。

そんな僕の行動が理解できないお父さん。

そんなお母さんとお父さんの言っている意味が解らない僕。

僕の言葉が理解できないお母さんとお父さん。

そのせいで僕は家のカベに何度も穴をあけた。

泪を流しながら何度も大声をあげて、カベに穴をあけた。

その日の夜も、僕はジロと話をした。

ジロはそんな時、いつも僕に顔をこすりつけながら、黙って話を聞いてくれた。

そんなジロが、僕が倒れる三日前死んだ。お母さんは、ジロが僕の代わりに死んでくれたんや、と言いながら泣いていた。


面会謝絶でお母さんと会社の人以外、誰も病室に入れなかった。1ヵ月間、流動食しか食べられなかった。黄疸《おうだん》で白いTシャツが黄色く変色した。

あばら骨が浮き出ていた。

病室のテレビをつけると、毎日のように地下鉄に毒ガスをまき散らした新興宗教団体のニュースが流れていた。

深夜には、始まったばかりの僕たちの番組で、兄が一人司会をしていた。

僕はベッドに横たわりながら、テレビ画面の中の兄を見つめ、「ごめんな」と言った。


映画監督になりたいあいつが『イリュージョン』という本を送ってきてくれた。二人の飛行機乗りの不思議な物語だった。その本の中には、今僕が吸収するべき言葉がいくつも並んでいた。

「君にふりかかること全ては訓練である。訓練であることを自覚しておけば、君はそれをもっと楽しむことができる。」

「君達は、言うなれば、困難さを捜しているのである。困難さが与えてくれるものには、価値があることを知っているからである。」

「もし、君達が生きていれば瀕死の重傷でかすかに息がある場合でも生きていれば、まだ使命は終わっていない。」

僕はそんな言葉を選んで頭の中に入れた。

会社の人が、事務所に届いたファンレターを持ってきてくれた。

僕はそのたくさんの手紙を読みながら、早く帰りたいと想った。早くあの世界に戻りたいと想った。そして死んでたまるかと想った。

意識を失ってから2ヵ月。

僕は退院した。

2ヵ月ぶりに立つ舞台。たくさんのお客さんが大きな拍手で迎えてくれた。うれしかった。また、ここに立てることがうれしかった。やっぱりこの場所がいちばん好きだと想った。

コマーシャルの出演依頼が2本続けて舞いこんだ。食品会社と、衣料メーカーからの依頼だった。僕はその出演料で赤い左ハンドルのオープンカーを買った。すごく気に入った。あまり走っていない、珍しい車だった。その車で彼女と二人ドライブに行った。車を走らせながら話をした。

「いつか東京に行くの？」

彼女が訊いた。

大阪の若手の中でいちばんになると、初めて会社から東京行きのキップを渡される。そんな時代だった。僕ももちろんいつか必ずそうなりたいと願っていた。それがほとんどの関西の若手芸人の目指すところだった。

「いつか行くよ」

僕は答えた。

彼女はそのあと、黙ったまま外の景色を見つめていた。

二人で京都の山奥に住んでいるおばあちゃんの家に行った。おじいちゃんの葬式以来だった。おばあちゃんは僕の車を見て「あんまりかっこよくないなぁ」と言って笑った。僕は「そんなことないよ」と言って笑った。それを見て彼女も笑っていた。そして彼女は、僕が子供の頃から大好きだったおばあちゃん特製の玉子と味噌《みそ》とニラの入ったおじやの作り方を教えてもらっていた。


その頃、どうやって調べたのか、ファンの人から家に電話がかかってきたり、仕事に行こうとマンションを出ると、建物の前で待っている人がいたりするようになっていた。

マンションの前にゴミを出して、10分後、そこを通ると、ゴミがなくなっていたりする。きっとファンの人がどこかに持っていっているんだろう。完全に家がばれていた。

毎月の25日が給料日。その2、3日前に会社から給料明細が届く。給料明細には、こと細かく仕事の一つ一つに対する金額が明記されている。しかし、先月も今月も給料明細が届いていない。ポストを何度のぞいても、給料明細はなかった。会社に確認をとると、郵送していると言われた。

神戸の遊園地で営業があった。たくさんの人が観に来て盛り上がっていた。そのステージでお客さんの質問に僕たちが答えるというコーナーがあった。いろんな質問をされた。好きな女性のタイプ。仲のよい芸人。好きな仕事。

その中で「毎月いくらもらっているんですか？」という質問をされた。僕たちは金額を答えるわけにもいかず、逆に「いくらもらってると想う？」と質問を返した。客席から、口々にいろんな金額が飛びかった。

「20万!!」

「50万!!」

「80万!!」

「60万!!」

その中の一人の女性が笑いながら言った。

「38万8500円!!」

その月の給料、ぴったりだった。

「お前、給料明細ぱくったやろー」

人が多くて誰が言ったのか、まったく解らなかった。


仕事に行く用意をしていると、部屋のチャイムが鳴った。のぞき穴から見るとまったく知らない女性と5歳ぐらいの男の子が立っていた。ドアをあけると、女性が「ほんまや」と言った。

女性は、22~23歳に見え、髪の毛は真っキンキンですごく化粧が濃くて、ダボダボのトレーナーを着ていた。5歳ぐらいに見える男の子も髪の毛を茶色く染められていて、うしろ髪だけがすごく長かった。

「なんですか?」

僕がそう言うと女性は、

「悪いねんけど、この子の背中にサインしたって」

そう言って男の子を振り向かせた。

僕は女性に「なんで僕の部屋、知ってるんですか?」と訊いた。すると女性は「この管理人に聞いてん。みんな知ってんで。うち、ここの12階に住んでんねん」と言って笑った。同じマンションの住人だった。あまり時間のない僕は、男の子のTシャツにサインを書いて、ドアを閉めた。

深夜1時からラジオの生放送。そこで僕はその出来事をしゃべった。

「ヤンママみたいな人が家、来て、子供の背中にサイン書かされてん。管理人が部屋教えるって、どういうことやねん。なんの管理もしてへんがな」

ラジオが3時に終わり、スタッフと食事をして、5時半に家に帰った。

チャイムの音で目が覚めた。

玄関ではなくマンションの入り口のインターホンからだった。部屋についているモニターを見ると、昨日サインを頼んできた女性が映っていた。通話ボタンを押すと、ものすごい剣幕でまくし立てた。

「お前、今日うちのことラジオでネタにしてたやろー。なめてんのか、こらー。謝れ、お前みたいなもん、いつでも殺《や》ってまうぞー」

起こされたあげく罵声《ばせい》をあびせられた僕は「やかましいわ、こらー、いつでもかかってこい」と言って、インターホンを切り、もう一度布団に入った。

ピンポーン。

時計を見ると、10分しかたっていなかった。今度はマンションの入り口ではなく、玄関のチャイムだった。

ほんまに来たで。めんどくさい。

何度も鳴らされるチャイムを聞きながら布団を出て、ドアをあけた。

チンピラ風の男三人とさっきの女性が立っていた。

三人の男の中でいちばん背の高い男がドアの内側に手をつき、ドアを全開にした。

「お前、こいつにかかってこい言うたらしいの。おい、殺すぞ、こら。こいつがお前にネタにされた言うとんねん。どないすんねん」

「いやぁ、そんなこと言うてませんけど……」

するとと、男三人のうしろから女性が大きな声で、「うそつけー、お前さっきかかってこい言うたやんけー。何ビビってんねん、こらー。さっきまでの元気はどこいってん」と叫んだ。

男が僕に顔を近づけ、「こら、調子乗ってたらほんま殺すぞ、カス。どないすんねん。よっしゃ、次のそのラジオで謝れ。いらんこと言うてすいませんでした、言うて謝罪せー。解ったなー。もしやらへんかったら、お前、こっちは家も会社も解っとんねん。ほんま殺すぞ。解ったなー」

1週間後。僕はラジオの冒頭で謝罪した。突然謝罪から始まったラジオ。リスナーは、何に対して謝っているのか解らず、FAXで疑問の声がたくさんよせられた。

二日後、深夜に仕事が終わった僕は、軽く食事だけしようと、マンションの2軒隣にある焼き鳥屋に入った。

店に入ると、入り口の前のカウンターに座っている女性が振り返った。あの金髪の女性だった。目が合った。引き返せなくなった。

「おー、ラジオ聞いたで」と、得意気な表情を浮かべて、「ここ座りーな」と隣の椅子を軽くたたいた。

僕は仕方なく言われるがまま、そこに腰を下ろした。だいぶ、酔っているみたいだった。僕はウーロン茶を注文した。

「飲めや」

女性はそう言って自分のグラスを僕に突き出した。僕が、体を壊してアルコールが飲めないことを告げると、「なんやそれ、しょーもない」と言って、グラスの中身を飲みほした。

カウンターの奥で、親子らしき女性が二人で飲んでいた。二人とも、すごく派手で化粧が濃く、水商売の女性っぽかった。会話を聞いていると、この近くで、母子でスナックをしているらしい。そして、その二人と、金髪の女性は顔なじみだった。三人は僕をはさんで大きな声で会話をしていた。しばらくするとだんだん口調が荒くなり、ケンカが始まった。

「シバくぞ、ババー」

「誰の親にババー言うとんねん」

「お前、この辺に住まれへんようにしたろか」

「やかましわー、殺すぞ」

た。

来るかー」と言って立ち上がった。僕は、やっと帰ってくれると想って内心ホッとし

そして、金髪の女性が、カウンターに1万円をたたきつけて、「こんな店、二度と

罵声が店内に響きわたった。

「やってみー、このバイタ」

するると女性は僕の肩を思いっきりたたいて、「行くで!!」と言った。なんでやねん。

僕はそう心の中でつぶやきながら一緒に店を出た。そして、同じマンションに帰り、

一緒にエレベーターに乗りこんだ。

僕は6階、女性は12階を押した。エレベーターが6階に着いた。僕が軽く頭を下げ、

降りようとすると、突然女性がバッと僕におおい被さってきた。わけが解らなかった。

すごく強い力で抱きつかれ、首にキスをされた。

「やめてください。ほんまちょっと」

僕がなんとか振りほどこうとすると、女性はなぜか泣きながら、「文句言いに行っ

た時から好きやってん」と言った。僕はまた、なんでやねんと心の中で叫びながらな

んとか、女性を振りほどき、エレベーターを降りた。

僕は1週間後、引っ越した。

夜中、小学校のプールに忍びこんで一緒に泳いだあいつが脚本に携わった映画が公開された。

僕の所属している会社が大阪の梅田に持っている劇場。その劇場が映画館に変わった。その映画館であいつが携わったその映画が上映されている。

僕は彼女と二人、赤い車に乗って観に行った。入り口に会社の人がいた。僕は「おはようございます」と言って、映画館に入った。

映画が始まった。

映像がところどころボケていた。

映写機のピントが少し合っていなかった。

映写室をのぞきこむと、何度か顔を見たことのある、舞台のスタッフが一人で映写機を回していた。

素人。素人が一人で操作していた。そのせいで、あいつが携わった映画の映像がところどころボケていた。ピントが合ったり、ずれたりしながら映画は流れ続けた。

映画が終わり、僕たちは映画館を出た。隣の駐車場から車を出そうとすると、彼女が映画館の前に立ったまま、僕をにらんでいた。

「どうしたん？」

僕が訊くと、彼女は大きな声で言った。

「なんで何も言わへんの。友達が携わった映画をあんなひどい映され方して、なんで黙ってられんの。それのどこが友達なん」

彼女は目に泪を溜めて僕をにらみつけていた。そのとおりだと想った。最低だと想った。

「そやな」

僕はそう言って映画館に戻った。

僕は映画館の支配人に映像がところどころボケていたということを説明した。今後そういうことがないように改善されることになった。

映画館を出て、彼女と車に乗りこんだ。

「ごめんな」

僕がそう言うと彼女は前を見つめたまま、

「私に謝ることじゃないやん」

　と言って黙った。

　車を走らせた。二人とも無言のまま車を走らせた。家の近くで信号にひっかかった。停車すると、隣の車線にフルスモークでまったく車内が見えない黒いワンボックスカーが停まった。何げなくその車を見ていると信号が青に変わった。

　走り出そうとした瞬間。

　フルスモークの後部座席の窓が少しだけあき、ハンバーガーショップの飲み物の容器が見えた。

　ビシャ――――ン。

　その容器を思いっきり、フロントガラスにぶつけられた。一瞬何が起きたのか解らなかった。フルスモークのワンボックスカーは走り去った。わけが解らなかった。それは僕の車だと解ってぶつけられたのか、無差別にぶつけられたものなのか判断できなかった。状況を把握するのに時間がかかった。何秒間かがたった。

　すると彼女が「何してんの。この車大切なんやろ、なんで大切にしてるもん傷つけられて何もせーへんの？」と、また僕をにらみながら言った。僕が車を追いかけようとすると、「もー遅いわ」とつぶやいて横を向いた。

なんで大切にしてるもん傷つけられて何もせーへんの。そのとおりだと想った。

1年ぐらい前。名古屋の劇場でライブがあった。本番前、舞台そでで、兄と同期の人が、ふざけてお互いをけなし合っていた。

最初は冗談でけなし合っていた二人が徐々にヒートアップしてきた。ケンカになった。同期の人が兄の頭を抱えてしめあげた。兄は必死になって抵抗した。

二人はその状態のまま、床に倒れこんだ。

舞台が始まる数分前だった。

僕は無性に腹が立った。

兄の頭を抱えこんでいるその同期の人に、なぜか無性に怒りを覚えた。

自分でもよく解らない感情だった。

だけど僕はその人にたまらなくむかついた。

気がつくと、僕はその人の頭を右足で、思いきり蹴っていた。

その人は抱えてた兄の頭を放して立ち上がり、僕に殴りかかろうとした。

まわりにいた数人の芸人が必死でその人を押さえこんだ。

僕は間違っていない気がした。

この人に対する怒りがどこから来たものなのか、よく解らないけれど、間違っていないと想った。

だけど。

今の僕は完全に間違っている。今の僕は完全に浮き足立って、たるんでいる。

なんで大切にしてるもん傷つけられてなんもせーへんの。

彼女の言うとおりだと想った。

そして僕は、かっこ悪と想った。

# 第4章　21歳

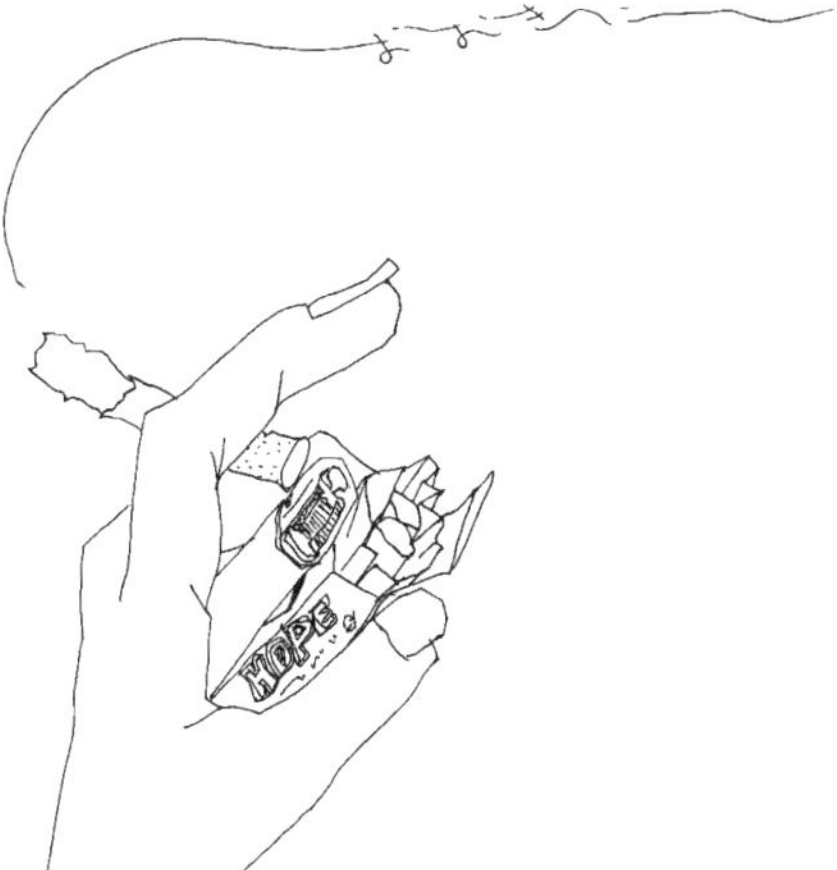

肝炎を患ってから、お酒が飲めなくなった。ドクターストップ。それまでいろんな芸人や友達と、毎晩のようにお酒を飲みながら、いろんな話をした。相談にのったり、のられたり。言い争ったり、仲直りをしたり。だけど肝炎を患ってからは、一人でいることが多くなった。仕事が終わるとまっすぐ家に帰ることが多くなった。

芸人と遊ぶことが少なくなっていた。

久しぶりにあの道頓堀にある芸人の溜まり場になっている居酒屋へ彼女と二人、食事をしに行った。芸人は誰もいなかった。食事を終え、会計をすると、マスターが僕の目を見て言った。

「お前、がんばれよ」

僕が「何を？」と訊き返すと、マスターは作業していた手を止め、しゃべり出した。

ここに来る芸人の中の、何人かの言葉だった。

「なんであいつが司会してんねん」

「いちばん若いのにえらそうに」

「ネタもせんと適当にフリートークして」

「あんなもん誰でもできる」

「なんであいつが外車に乗れんねん」

「なんぼ稼いでんねん」

「毎週ネタ創ってる俺ら、どんだけしんどい想とんねん」

「あいつまだ21やぞ」

「ぜんぜんおもんない」


僕は黙ったまま、すべてを聞き終えた。

彼女は空になったグラスをじっと見つめていた。

マスターは、お前がそういう風に言われるのは悔しいと言った。そして、あんな奴らにそんなこと言わすなと言った。

僕が席を立つとマスターはもう一度、「お前、がんばれよ」と言ってくれた。僕は「ありがとう」と言って店を出た。家に帰った。

僕は目をつり上げながら、しばらく一点を見つめた。


番組のプロデューサーに直訴した。司会をやめさせてほしい。他の芸人と同じようにネタで勝負させてほしい。何人かの芸人を黙らすためにそうさせてほしい。

プロデューサーは、司会をやめさせるわけにはいかないと言った。何度頼んでもダメだと言った。その代わりに、他の芸人とユニットでコントをするのを承諾してくれた。

僕は家に帰り、ネタを創った。

ユニットコント。兄以外の人間とコントをするのは初めてだった。

初めて創るユニットコントが完成した。お客さんの投票で順位を決めるコント番組。僕が創ったコントが1位に選ばれた。司会をして、フリートークをして、そして最後に1位になったネタをした。

大きな声でネタをした。

全国ツアーを行った。

僕たちは気心の知れたスタッフと全国8ヵ所を車で回り、各地でコントライブを行った。その旅の模様を本にしようという話になり、スケジュールが空いていた、映画監督になりたいあいつがライターとして同行した。車中でバカ騒ぎをしながら、旅をした。

最終日の大阪公演は3000人もの人が会場を埋めつくしていた。

交差点のあちこちに警察官が立っている。検問で数々の車が調べられている。いつもよりも、大阪の街に緊張感がただよっていた。

APEC《エーペック》。

大阪で行われるAPECを無事に終わらせるため、街がピリピリしていた。

後輩と二人でテレビを観ていると、玄関のチャイムが鳴った。

インターホンに出ると、「大阪府警」とだけ名乗った。のぞき穴から見ると、角刈りで背広姿のがたいのいい中年男性と、制服を着た二人の警察官が立っていた。

ドアをあけると、角刈りの男性がいきなり言った。

「お前、過激派？」

なんの前置きもなく、第一声、ただその一言だった。

頭にきた僕は、少しおどけて、

「まぁ、どっちかといえば、過激派」

と答えた。すると、次の瞬間、僕はその角刈りの男性に胸ぐらをつかまれたままカベに押しつけられ、「はしゃぐなー」と一喝された。よくよく聞くと、このマンションがAPECの会場を狙いやすい場所に建っているということだった。

「不審な奴を見たら、すぐ通報するように」

と言って大阪府警は帰っていった。

僕は、大阪ってやっぱりすごいなぁと想って、少し笑った。

東京のテレビ局から、たまに出演依頼が来るようになった。東京のラジオ局で全国ネットのレギュラー番組が始まった。この世界に入った時からいつか東京で仕事がしたいと想っていた。

15歳で部屋を出て、この世界に飛びこんだ時から、いつか絶対に東京で仕事をすると決めていた。

少しだけ東京が見えてきた気がした。

仕事と打ち合わせが終わり、深夜2時。僕はマンションのエレベーターに乗りこみ、2階で降りた。僕の部屋はワンフロア6戸ある中のいちばん奥の左側。自分の部屋の玄関を見ると、僕の部屋のドアだけが何か、白っぽく光っていた。近づいてよく見ると、マヨネーズだった。

僕の玄関のドアにマヨネーズで文字が書かれていた。

「ケチャップ」

なんでやねん。何がおもしろいねん。ここが僕の部屋だと知っている誰かのイタズラだった。僕は疲れた体でぞうきんをしぼり、マヨネーズを拭き取った。拭けば拭くほど油分がのびて、僕の玄関だけが、テカテカに光っていた。深夜2時半。僕は、途中で拭くのをやめて、布団に入った。

イタズラをよくされるようになっていた。自転車のサドルが抜き取られ、バラが一輪ささっていたことがあった。車のボンネットに大量のプリクラが貼られていたこともあった。そのたび、されたイタズラを僕がテレビでしゃべるので、みんなおもしろがってするんだろう。僕は、「めんどくさ」とつぶやきつつも、どうせまた、今日のこともテレビでしゃべるんだろうなと想いながら眠りについた。

18歳の時、あの溜まり場の居酒屋で一人の男と友達になった。そいつは、アメリカ人で僕より三つ年上だった。そいつのお姉さんが、日本人と結婚していて、大阪に住んでいた。そいつはお姉さんをたよって、日本にやってきて、昼は英会話教室の講師、夜は焼き鳥屋で働いていた。そのおかげで、そいつは日本語がかなり上手く、バリバリの大阪弁だった。

僕とそいつは、あの居酒屋で度々会うようになり、時間をかけて少しずつ、友達になった。それからは、よく一緒に買い物に出かけたり、映画を観に行ったりした。そいつは、いつも洋画を観て、「字幕がおかしい。ニュアンスがぜんぜん違う」と怒っていた。

映画監督になりたいあいつともすぐに友達になり、よく三人で遊んだ。僕が、テレビ番組で賞金をもらった時は、三人で法善寺横丁という通りにあるバーを一軒一軒一杯ずつ、飲み歩いたこともあった。その中の一軒のバーのメニューに生ビールという意味で「LIVE BEER」と書かれていた。そいつは、この英語はおかしいと言って、その店の店長に文句を言っていた。

「LIVE BEERなんて英語はないし、LIVEっていうのは生きてるっていう意味やから、めっちゃ気持ち悪いビールを想像してまうねん」

流暢《りゅうちょう》な大阪弁を並べるそいつに、僕たちは、日本が嫌やったら国帰れ、と言って笑い合ったりした。

一度、アメリカからそいつの友達が遊びに来たことがあった。そいつの友達に、日本で何をしたいか訊くと、日本人の女の子がすごくかわいい、だから一緒にお酒を飲みたいと言った。僕たちは、ひっかけ橋を歩いた。そいつの友達に気に入った娘がいれば指を差せと言った。そいつの友達が指を差した女の子に僕は声をかけた。

「アメリカから遊びに来てんねん、一緒に遊ぼうや」

声をかけまくった。女の子が10人ぐらい集まった。みんなでカラオケに行って盛り上がった。そいつの友達は帰るまでずっと笑顔で、僕に覚えたての大阪弁で「オオキニ、オオキニ」と言っていた。そんな風に僕たちはよく遊んだ。

そいつがおもしろいということで、僕たちがやっているテレビやラジオの番組のゲストに来たこともあった。

そいつがアメリカに帰ることになった。

僕は四日間休みをもらい、そいつをアメリカまで送っていくことにした。映画監督になりたいあいつも一緒に行くことになった。

三人で、そいつの実家があるロスへ向かった。空港に着くと、そいつの父親が迎えに来てくれていた。僕たちは父親の車に乗りこみ、ロスのフリーウェイを走った。

「これ、映画の『スピード』に出てくるフリーウェイやで」

「あれ、『パルプ・フィクション』に出てくるレストランやで」

そいつが、あいかわらず流暢な大阪弁でガイドをしてくれる。そいつがおばあちゃんに顔を見せたいというので、おばあちゃんの家に行った。

おばあちゃんはいかにもアメリカ人という感じで、ブランケットをひざから掛けて揺り椅子に座っていた。僕がたどたどしい英語で名前を言った。映画監督になりたいあいつも自己紹介をした。すると、そいつも、実の祖母に自己紹介をした。実の孫に自己紹介をされたおばあちゃんは、揺り椅子をグラングラン揺らしながら声を出して笑っていた。

次の日、僕たちはジープに乗りこんだ。ロスを出発し、砂漠で一泊してラスベガスに向かうために。日本に遊びに来た、そいつの友達のジープだった。日本に行った時、世話になったからということで、ずっと車の運転をしてくれた。僕が「おおきに」と言うと、そいつの友達は笑っていた。

夜。真っ暗で360度何も見えない砂漠。ただたくさんの星だけが輝いていた。車を停め、火に薪《まき》をくべていると、そいつの友達がジープのトランクをあけ、何かを取り出した。僕たちを楽しませるために用意してくれたショットガンだった。僕たちは、空きビンを並べ、砂漠の真ん中でショットガンを撃ちまくった。初めて感じるショットガンの衝撃にビビりながら、声を出して笑った。

ラスベガスのカジノで生まれて初めてバカラをした。セスナに乗ってグランドキャニオンを見下ろした。あっという間のアメリカ旅行だった。

僕と映画監督になりたいあいつは、空港まで送ってくれた、そいつとそいつの友達に「おおきに」と言って、日本に戻った。

出版社の人から文芸誌で小説の連載をしてほしいという依頼が来た。僕には、小説を書く自信も、書きたいこともないので断ることにした。

テレビの収録が終わり、楽屋に戻ると、出版社の人がやってきた。

「今回はありがとうございます。よろしくお願いします」

何を言っているのか意味が解らず理由を訊くと、僕の会社からOKをもらったと言われた。

会社が、僕になんの相談もなく小説を書かせると決めていた。

僕が困った顔をしていると、出版社の人は、第一稿の締め切りの日を告げて、帰っていった。

僕は小説を書かなければいけなくなった。

僕は何を書けばいいのか解らなかった。

僕に何が書けるのか解らなかった。

締め切りの日が近づいてきた。

僕は自分自身のことを書くしかないと想った。

僕は自分自身のことしか、書けないと想った。

それなら、いっそ、自分がいちばん書きたくないことを書こうと想った。

いちばん知られたくない部分のことを書こうと想った。

僕は、この世界に入る前の、あのちいさな部屋に閉じこもった時の話を書くことにした。

ちいさな部屋にカギをつけるところから始まる物語。

僕はその小説に『14歳』というタイトルをつけた。

# 第5章　22歳

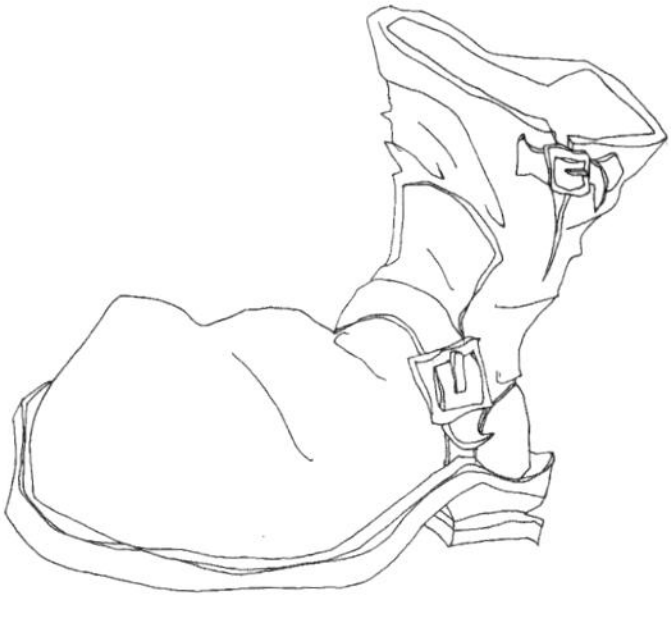

「それではまた来週」

僕はそう言って、いつものように司会をしているレギュラー番組をしめくくった。

舞台に立っている他の芸人はカメラに向かって手を振っていた。僕はいつものように振らなかった。僕はいつも振らなかった。手を振るのは違うと想って振らなかった。手なんか振ってたまるかと想って振らなかった。

舞台に立っている他の芸人は客席に向かって笑顔を振りまいていた。僕はいつものように笑わなかった。僕はむやみに笑顔を振りまいたりしたくなかった。笑顔なんか振りまいてたまるかと想って笑わなかった。

僕はいつも笑わなかった。

舞台に立っている芸人の中でいちばん若い僕がいちばん先頭に立ち続けるためにはそうするしかないと想った。舞台に立っている芸人の中でいちばん若い僕は、目をつり上げていないと自分を守れないと想った。いちばん年下の僕がいちばん中心に居続けるためにはすべてをとがらせていないと自分を守れないと想った。そんなゆがんだ防衛本能から僕はいつもすべてをとがらせていた。

舞台を降りて、持っていたハンドマイクをスタッフに渡し、テレビ局をあとにした。駐車場に停めていた赤い車に乗りこみ、雑誌の取材を受けるため、撮影スタジオに向かった。

スタジオに入ると真っ白なセットの前で、カメラマンが写真撮影のセッティングをしていた。そのセットの横にある大きなソファに座ると、インタビュアーが名刺と雑誌を差し出しながら、「今日はよろしくお願いします」と言った。

インタビューが始まった。

インタビュアーは僕に気を遣いながら、すごく丁寧にいろんな質問をしてきた。その質問に、僕はできるだけ短い言葉を選んで答えた。

「自分がおもしろいと想うことだけをやる」

「僕の笑いが解らないなら観なくてもいい」

「おもしろいことと楽しいことは違う」

「おもしろいか、おもしろくないか、それだけ」

「明るく楽しくなんてできない」

「優しさを見せる必要なんてない」

「敵を作ったって、その敵に負けない自分を作ればいい」

「だから、むやみに笑顔を作ったり、手を振ったりしない」

「誰にも媚びたりしたくない」

「それが僕です」


インタビューは終了し、写真撮影のため、白いセットの前に立たされた。

カメラマンがファインダーをのぞきながら、「もう少し笑顔でお願いします」と言った。

僕は「できません」とつぶやいて、レンズをにらみつけた。


肝炎で入院した病院で検査を受けた。肝臓は完治していた。医者に、お酒を飲んでもいいと言われた。僕はまた以前のようにみんなとお酒を飲むようになった。

打ち合わせが終わった。朝の5時。

ご飯を食べるため僕と構成作家の二人で朝9時までやっている、焼き鳥屋へ行った。

この作家と初めて会ったのは、僕が18歳の時だった。こいつは、元々、芸人をしていた。初めて会った時は、もうすでに芸人をやめていて、スナックでバイトをしていた。こいつと同期の後輩に紹介されて、そのスナックで初めてこいつと会った。

いろんな話をした。芸人の話。笑いの話。マンガの話。朝までしゃべり続けた。

話が合った。僕はこいつに、構成作家になることを勧めた。こいつはすぐにスナックのバイトをやめて、作家になった。

それからずっと一緒に笑いを創ってきた。毎日のようにネタを創った。

「離婚式っていうのどう？　旧郎と旧婦が入場して、指輪を返還したり、それぞれの両親からの弔電《ちょうでん》読んだり、ほんで最後、二人が行う最後の共同作業です、入刀って言うて、刺し合うねん」

「お背中流しそうめんってどうですか？　上半身ハダカのおっさんが背中にそうめん流して、うしろの奴がそれ食べるんですよ」

「2冊の辞書読むだけ。辞書ってアホみたいなこと丁寧に書いてるやん。洒落って引いたら、駄洒落の例文書いとるからなー。そんなん読んで、どっちの辞書がおもろいか決めるっていうコント」

「審判にボール言われて、キャッチャーがストライクやろー言うてもめてたら、もう一人の選手がガー走ってきて、めっちゃキレんねん。ストライクやろー言うて。けどそいつのポジション、ライトやねん」

「全身ミサイル男っていう全身ミサイルになってる奴がおんねん。体全部ミサイルやねん。ほんで右足内くるぶしミサイル発射したら自分の左足の内くるぶしに当たって死ぬねん。それだけ」

「ドラえもんとか、アラレちゃんとか音頭あるやん。あれ、いろんなマンガの音頭も創ろうや。北斗の拳とか妖怪人間のとか」

「ピアニストになりたかったヤクザが、ことあるごとに、事務所のいろんなとこに、ちっちゃいおもちゃのピアノ隠してて、それ弾くっていうのどう?」

「なんか、公園の土管に住んでるおっさんが、子供に向かってめっちゃ傘投げてきよるみたいなん、できひんかなぁ。子供から傘ジジーって呼ばれて気持ち悪がられてんねんけど、傘ジジー昔、雨の日に自分の息子傘持ってなくて、走って帰ってたら車にはねられて死んでもうてん。せやから子供にはみんな傘を持ってもらいたいから、子供見つけたら傘投げてた、みたいな」

「バックコーラスでメインの歌手おらんねん。バックコーラスだけ。ほんでずっと黙っててんねんけど、突然サビだけ歌い出しよんねん」

「初めて見た男っていうのどう？　いろんなもん、初めて見てん。ティッシュとか、1枚取ったら次のティッシュ出てくるからめっちゃびっくりしよんねん。けど、だんだんなれてきた思てたら、色違うティッシュ出てくるから、そらびっくりしよるで」

「学校で一人の中学生が体に瞬間接着剤で、いろんなもんくっつけられて帰ってくんねん。でこに電車のつり革とかくっつけられてんねん。それ見たおかんがびっくりして、ひっくり返りそうになんねんけど、そん時そのつり革につかまりよんねん」

僕たちは毎晩のようにバカ話をしながら笑いを創った。

僕が創った笑いをよりよいものにしようと、一緒に悩んでくれた。時にはケンカをしながら、いつも二人で笑いを創った。そして最後は兄と三人で笑い合った。

そんな僕たち二人は店のいちばん奥のボックス席に座った。メニューを見ていると、店員が生ビールを2杯持ってきた。まだ何も注文していなかった。

「えっ？　まだ注文してないですけど」

するとと店員が、「あのお客さんからです」と言った。

僕がおどろいて店員が指す入り口の横の席を見ると、作業着を着た、60歳ぐらいの男性が一人でお酒を飲んでいた。僕はその仕事帰りなのか、仕事前なのか解らない男性のところへ行き、「あの、すいません」と声をかけた。するとその男性は、僕の顔をまったく見ずに「娘が、とかやないで。ワシがファンやから」と言いきると、初めて僕の顔を見て日本酒の入ったグラスを軽く持ち上げた。

僕は、「ありがとうございます、いただきます」と言って席に戻り、生ビールをいただいた。

僕とこいつは、「大阪っておもろい街やなぁ」と言いながら焼き鳥をほおばった。

2丁目劇場での仕事が終わり、家に帰るため、深夜一人で道頓堀を歩いていた。

「おー、お前テレビ出てる奴やんけ」

前から声が聞こえた。前を見ると、千鳥足の男が僕に向かって歩いてきた。どう見てもヤクザだった。

「お前、テレビ出てるよなー。サインくれや」

ろれつが回っていなかった。僕が軽く頭を下げて通り過ぎようとすると、

「ちょー待てや、お前、サインせーや」

と、肩をつかまれた。

僕が仕方なく「はい」と答えると、そのヤクザは僕の目を見て、「早《は》よ、サインせーや」と言った。ヤクザは手ぶらだった。僕がもう一度「はい」と答えると、「せやから早よ、サインせー言うてんねん」と怒鳴られた。僕は「いや、しますけど、何も書くもの持ってはらないじゃないですか」と言った。

するとヤクザは「おのれ、なめてんのか、こら。ごちゃごちゃ、何ぬかしとんねん」と言って、右腕で僕の頭を抱えこみ「お前、あかん、ちょっとこっち来い。うちの兄貴に挨拶せー」と、地下に下りる焼き肉屋にそのままの体勢で無理やり連れていった。

店に入ると、ヤクザは大きな声で、「兄貴、こいつ芸人ですわ！」と、いちばん奥の席で焼き肉を食べている男性に声をかけた。

いちばん奥の席には、兄貴と呼ばれる40歳ぐらいの男性が、ホステスに囲まれて座

っていた。そして、その向かい側に、僕と同い年ぐらいの男性が一人座っていた。

僕はヤクザに「座れ」と言われて、兄貴と呼ばれる人の前に座らされた。

「兄貴、こいつ知ってますか？」

兄貴と呼ばれる人が「知らん」と答えると、ヤクザは僕の髪の毛をワシづかみにして、「お前、もっとがんばれよ」と言って、うしろのカベに頭をたたきつけた。激痛が走った。すると、ホステスたちがタバコを吸いながら口々に「私、知ってんでー」「いつも見てんでー」「がんばりやー」と笑っていた。ヤクザはろれつの回らない口で「お前がんばりやーって言われてるやんけ」と笑いながら、ワシづかみにした僕の頭をまたカベにたたきつけた。

兄貴と呼ばれる人が「お前、やめたれ」と言った。するとヤクザは「すいません」と頭を下げ、「兄貴に怒られてもうたがな」と、また僕の頭をカベにたたきつけた。

めちゃくちゃ痛かった。めちゃくちゃ腹が立った。ヤクザが「酒飲めや」と勧めてきた。僕が丁重に断ると「飲め言うとんねん」と言って、また頭をカベにたたきつけた。

僕は、くそまずい酒を一杯だけ飲んだ。

ヤクザは店員に紙とペンを持ってこさせると、「これにサインせー」と僕につきつけた。

僕がサインを書くと、「なんや、これ、なんて書いてんねん、しょーもない」と言って、またカベに頭をたたきつけた。すると兄貴と呼ばれる人が、さっきよりも大きな声で、「おい、お前酔いすぎや。こいつ帰らしたれ」と言って帰らせてくれた。僕が、カベにぶつけられて腫れている後頭部を押さえながら店を出ると、もう一人、あのテーブルにいた僕と同い年ぐらいの男性が一緒に出てきた。

その男性は「すまんなー。うちの兄貴、酔うたらむちゃくちゃやねん。これで堪忍したってくれ」とポケットから、1万円札を数枚ワシづかみで取り出し、僕に差し出してきた。僕は、「けっこうです」と言って、背中を向け歩き出した。

その男性は、僕の背中に「気ぃつけて帰れよ」と声をかけた。

僕は何も言わず深夜の道頓堀を歩いた。

一歩一歩歩くたびに、後頭部がズキズキしていた。

大阪城ホール。

1万人の人たちが客席を埋めつくしていた。僕たちはそのステージでたくさんの歓声をあびながらライブを行った。

ステージから初めて見る人の数。

ステージから初めて見る光景。

ライブが終わり、楽屋に戻った。

会社の人が「お疲れ」と言いながら入ってきた。そして話があると言われた。

「春から東京でテレビのレギュラー番組が始まる」

ついに来た。

僕はいつか東京で仕事をすると決めていた。東京から全国に向けて笑いを創りたいと願っていた。

あの部屋を出てから七年。

この世界に入ってから七年。

僕は春から東京に住むことになった。

「春から東京行くねん」

彼女はうつむいたまま、僕の声を聞いていた。

そして顔を上げ、「私もついていく」と言った。

僕は違うと想った。僕はできないと想った。今から戦いに行く東京へ、彼女を連れていくのは違うと想った。

今から笑いを創りに行く東京。彼女と一緒に行くことはできないと想った。

東京で一からのスタート。

そこへ彼女は連れていけない。

彼女と一緒に行ってる場合じゃない。

僕はそう想った。

僕は彼女に東京で仕事がうまくいけば迎えにくるからと言った。

彼女は目に泪を溜めていた。

僕は、「すぐうまくいくから」と言った。

「すぐに迎えにくるから」と言った。

だからそれまで少しの間、大阪で待っていてほしいと言った。

彼女は目に泪を溜めたまま、「約束ね」と言った。

スポーツ新聞に僕たち兄弟が東京に進出するという記事が出た。僕はそのインタビューに、

「大阪でやってきたことをそのままやるだけ」

「今までと同じスタイルでやり続けるだけ」

「意気ごみなんて特にない」

そう答えた。


地下鉄、なんば駅。14番出口を下りたところで、一人のおっちゃんが靴の修理屋をやっている。ブーツのかかとがすりへると、僕はいつもここで新しいかかとに交換してもらっている。

僕はすりへったかかとを直してもらうため、14番出口を下りた。おっちゃんは、僕の顔を見て、「まいど」とだけ言って、いつもの作業に入った。すりへったかかとを鉄のヘラではがし、新しいかかとに釘を打ちつける。片方の修理がすぐに終わる。もう片方のすりへったかかとを、同じようにヘラではがし、新しいかかとを置いた。お

っちゃんは顔を上げ、僕に、「東京行くんやろ」と言った。僕が「うん」と答えると、おっちゃんは、「そうか、さびしなるなぁ。がんばれよ」と言ってくれた。

そして釘を一本つまみ、かかとの部分に刺して、「ほな、すべらんようにしとかなぁ」と言って、思いっきり打ちこんでくれた。僕は、何をうまいこと言うとんねんと想いながら「頼むで」と言って笑った。

マンションの窓をあけると、右ななめ下に一軒のそば屋がある。入り口はすごくちいさくて、ウグイス色ののれんがかかっている。その上にはぶ厚いヒノキの看板があり、毛筆で出雲そばと書かれている。僕は、このマンションに越してきてからいつか入ってみたいと想っていた。

あまり、客の出入りを見たことがないこの店は、外カベは真っ黒で、重厚感があり、すごく入りにくいたたずまいだった。だけど東京に行くともう来られないかもしれないと想った僕は入ることにした。

財布の中身を確認して、マンションを出た。のれんをくぐり、ちいさい入り口をあけた。店内はヒノキのカウンターに椅子が五つだけ並んでいた。店員も、お客さんもいなかった。静かだった。店の両側のカベが棚になっていて、そこに高価そうな、陶器がきれいに飾られていた。僕は緊張しながら声を出した。

「すいません」

すると、店の左奥にある階段から足音が聞こえた。ゲタが見えてきた。下りてきたのは、黒い作務衣《さむえ》を着た、白髪でオールバックの男性だった。その男性は、僕に「そばしかないよ」とぶっきらぼうに言った。僕は「はい」と答えていちばん右側の椅子に座った。

メニューがどこにもなかった。

白髪の男性はカウンターの隅にきれいにたたんで置いてあった前掛けを腰にしめて、カウンターの中に入った。僕はタバコを吸おうと想い、ポケットから出してはみたものの、灰皿を頼む勇気が出ず、もう一度、ポケットにしまいこんだ。

白髪の男性は、僕に背中を向け、大きな包丁でそばを切り出した。その音だけが店内に響いていた。しばらくすると白髪の男性が振り返った。僕の前にそばが置かれた。ザルに入ったそば。その隣で黒く光るつゆ。

僕は生つばを飲みこみ、ちいさな声で「いただきます」と言って、太いはしを握った。あの部屋に住んでから、ずっと食べたかったそば。あのマンションに入ってから、いつか食べたいと想っていたそば。

僕は念願のそばを口に入れた。

めっちゃまずかった。

なんのコシもなかった。

ちょっとのびていた。

なんでやねん。僕はそう想いながらなんとか、すべて食べきった。お会計をしてもらうと、２８００円だった。僕はどついたろかと想いながら、店を出た。そして振り返り、外から店をながめながら、少し笑った。

荷物はすべて宅配便で送り、僕は赤い車で彼女が働く美容院へ向かった。店の前に車を停めると、彼女が出てきた。僕は車に乗ったまま窓をあけ、「ほな、行ってくるわ」と言った。彼女は、「気ぃつけてね」と言って手を振った。

僕は東京に向かった。

あと何日かで23歳の誕生日だった。

大阪のレギュラー番組を一本だけにして、僕は東京に来た。

僕は大阪と同じようにテレビカメラの前に立った。大阪にいた頃と何も変わらずお笑いを創ろうとした。

「自分がおもしろいと想うことだけをやる」

「僕の笑いが解らないなら観なくてもいい」

「おもしろいことと楽しいことは違う」


何かが違った。感触が違った。反応が違った。求められていることが違った。

だけど僕はそのままやり続けた。

僕が今までやってきたことを変えるつもりはなかった。やり続ければすぐにみんなが気づくと想った。やり続ければすぐにみんなのほうが変わると想った。

知り合いもいなかった。友達もいなかった。2週間に一度、大阪のレギュラー番組で帰ることだけが楽しみになっていた。

大阪に帰ると、彼女に会い、仲のいい芸人と遊び、友達とお酒を飲んだ。

東京に戻り、仕事をした。違和感があった。まるで違った。外国にいるみたいだった。

仕事が終わると、三宿《みしゅく》に借りた部屋に戻り、大阪に行く日までを数えたりしてすごした。そして大阪に帰るといつものようにみんなとすごした。

東京の街を歩いた。誰も僕のことを知らなかった。

大阪と同じことをした。

笑い声が聞こえなかった。笑い声が聞こえなくなった。

そんな日々が続いた。

東京で始まったレギュラー番組が終了した。

意味が解らなかった。わけが解らなかった。

僕は自信があった。

大阪で手に入れた自信があった。

僕よりおもしろくないと想う人たちがテレビ画面に映っていた。

僕よりもおもしろくないと想う人たちがテレビ画面の中で笑っていた。

僕は、目をつり上げながらそれを見つめた。

僕は東京の部屋で一人、目をつり上げながらすごした。

目をつり上げたまま大阪に帰るようになった。大阪に帰ることも、そんなに楽しみなことではなくなっていた。

あんなに楽しかった大阪が、そう感じられなくなっていた。

そして、大阪のレギュラー番組が終わった。大阪に帰ることもなくなった。

東京の部屋で一人、テレビ画面を見つめた。

「何がおもろいねん」

僕の言葉は誰にも届かなかった。

「俺がおもろいねん」

僕の声は誰の心にも響かなかった。

僕より後輩の芸人がテレビ画面の中で笑っていた。

僕より何年も後輩の芸人がテレビ画面の中で楽しんでいた。

僕は部屋で一人、目をつり上げてひざを抱えていることが多くなった。

収入は、大阪にいた頃の六分の一になっていた。

僕は赤い車を売り払った。

何もなくなった。

だけど、僕はそのままやり続けるしかないと想った。

僕が今までやってきたことを変えてたまるかと想った。

目をつり上げながら。

やり続ければみんなが気づくと願った。

やり続ければみんなが変わると信じた。


僕は兄と二人だけでコントライブを行った。

『PINK』というタイトルのコントライブを行った。

コントとコントの間に、僕が創った絵本を映像で流すことにした。

『PINK』というタイトルの絵本を創った。

人も物も家も、とにかくすべてピンク色をした街があって、その街の人たちは、生まれた時からピンク色の中にいるせいで、自分たちがピンク色をしているということに誰も気づいていない。

その街に、人も物も家もとにかくすべて青色をした街から青い犬が迷いこんできた。ピンク色の人たちは青い犬を初めて見たから、その犬を気味が悪いと言って、嫌った。青い犬なんておかしいと言って、拒絶した。青い犬は怖くなって、自分が生まれた青い街に帰っていった。

ピンク色の二人の男が青い犬を追いかけた。そして、青い街に入って、二人は初めて気づいた。自分たちがピンク色をしているということを。二人は自分たちのピンク色の街に戻り、みんなに話をした。俺たちはピンク色をしている。だけど誰も彼らの話を信じなかった。

そして、二人はピンク色の街の人たちに頭がおかしくなったと言われた。

二人はピンク色の街の人たちに頭がおかしくなったと言われ続けた。

そして二人は本当に頭がおかしくなった。

そんな絵本をコントとコントの間に流した。

何かは解らないけど、何かを伝えたかった。

なんなのかは解らないけど、何かが伝わるんじゃないかと想った。

僕は間違っていないと信じたかった。

僕は間違っていないと信じるしかなかった。


映画監督になりたいあいつ。

あいつがついに映画を撮ることになった。

「いつかお前で映画を撮る」と言ってから5年。あいつは夢を叶えた。あいつは約束を守った。

坂道の物語。坂の上には揺るぎない人たちがいて、坂の下からは新しい人たちが突き上げてくる。その坂の真ん中でもがき苦しむ青年の物語。坂の真ん中で自分が持っている武器だけを信じて戦う青年の物語。

僕はその主人公に今の自分を投影して、坂の真ん中に立った。左手に武器の入ったバッグを握りしめて坂の真ん中に立ちつくした。

映画が完成した。

あいつは夢だった映画監督になった。その映画で、その年の日本映画監督協会新人賞を受賞した。

赤い車を売り払った僕は、バイクの免許を取った。

バイクをローンで買った。

黒い大きなバイク。

1000ccの古いバイク。

僕はそれにまたがって、夜中、目的もなく走った。僕は何も考えることができないまま、バイクを走らせた。


電話が鳴った。彼女からだった。

「もうこれ以上、待たれへん。東京で一緒に暮らすか、別れるか、どっちかにして」

東京に来て、2年がたっていた。

僕は何もない東京で彼女を迎え入れることはできないと想った。

何もない僕は彼女を東京に迎え入れることができなかった。

僕は別れを選んだ。

僕は約束を守れなかった。

渋谷にある劇場の舞台に立っていた。最近は週に一、二回、この舞台に立つだけになっていた。

客席は100席ぐらい。空席があった。

楽屋に戻ると、会社の人に聞かされた。

大阪でずっと同じ舞台に立っていた後輩。

道頓堀で一緒にボートをこいだ後輩。

ヤクザの事務所の下でボコボコにされた後輩。

一発どつかれてラブホテルの入り口に隠れていた後輩。

彼女を尼崎までバイクで迎えにいってくれた後輩。

そして、僕たちの少しあとに、東京に出てきた後輩。

あのコンビが解散した。

僕は何も言えなかった。僕は何も言わなかった。

僕はただ楽屋の鏡に映る自分を見つめた。

渋谷の劇場が閉鎖されることになった。

部屋でひざを抱えていると、彼女の顔が何度も浮かんだ。

部屋で目をつり上げていると、彼女の顔が何度も浮かんだ。

僕はたまらなくなって、半年ぶりに彼女に電話をかけた。

僕は彼女にもう一度やり直してほしいと言った。

「ごめん、無理やねん」

僕は同じ言葉を繰り返した。もう一度やり直してほしい。

「もうちょっと早く言ってくれたらよかったのに」

彼女は泣きながら言った。

「お腹に赤ちゃんがいるねん」

彼女のお腹には、来年、夫になる人の子供がいた。

彼女は「ごめんね、待たれへんかった」と言って大きな声で泣いた。

僕は「そうか」と言って電話を切った。

そして、僕は泪を流しながら「どんくさ」とつぶやいた。

僕はバイクにまたがって、アクセルをふかし、今まで通ったことのない道を選んで走った。

東京に来て4年がたとうとしていた。

何もできず、部屋で一人、目をつり上げてひざを抱えていた。

テレビ画面を見つめ、「こいつより」と誰にも聞こえない声でつぶやいていた。

ひざを抱え、「俺のほうが」と自分にしか届かない声でつぶやいていた。

ある日、同じ会社の先輩がやっている番組に呼ばれた。

久しぶりの仕事だった。

出演者は同じ会社の芸人だけ。ほとんどが先輩だった。

内容は、そこに出演している芸人についてフリートークをするという企画。

本番。

僕に話が振られた。

僕は、緊張しながら、そこに出演している昔からいろんなことを教えてくれた、そして漫才コンクールのビデオで僕たちを紹介してくれた先輩とのエピソードをしゃべった。

久しぶりに笑い声を聞いた。

番組が終わり、出演していたたくさんの先輩たちと食事に行った。

その番組で司会をしている先輩とは初めて仕事をした。

この中でいちばん先輩のその人が、僕にちいさな声で「お前の話、おもろいなぁ」と言ってくれた。

僕は「ありがとうございます」と言って、久しぶりに笑みを浮かべた。

それ以来、いろんな先輩から食事に誘われるようになった。

何人かの後輩とも、食事に行くようになった。

兄と二人、毎月一回のトークライブを始めた。僕たちは何も決めず、フリーで2時間しゃべり続けた。毎月、すごくちいさな会場を借りてしゃべり続けた。

大阪で手に入れた自信だけを握りしめながら。

# 第6章　26歳

夜、11時。

すべて書き終えた。

赤坂にある会社の会議室。ビルの4階にある会議室。長机がコの字に置かれている。

僕はこの部屋で2時間近くかけて、マネージャーから渡されたアンケート用紙のすべての質問に答えを書いた。

お笑い番組のアンケート。

全国ネットのゴールデンタイム。

高視聴率番組のアンケート。

僕はそれにできるだけ丁寧に答えを書いた。初めて出演するトーク番組。12項目ある質問のうち、本番で使われる質問は二つ。だけど僕はどの質問が使われても大丈夫なように、一つ一つ慎重に答えを書いた。

どの質問をされても笑いが創れるように、答えを書いた。

ボールペンを置き、もう一度アンケート用紙を読み返す。自分の書いた答えを一つ一つ読み返す。ブツブツつぶやきながら頭の中で本番のシミュレーションを行う。大丈夫。どの質問がきても大丈夫。笑い声が聞こえる。笑い顔が見える。きっと。たぶんきっと。僕は自分にそう言いきかせ席を立った。

黒いヘルメットを抱え、隣の部屋で作業しているマネージャーにアンケート用紙を手渡し会社を出た。

3月下旬。

少し暖かくなった風が流れていた。

僕は停めていたバイクにまたがった。家に帰るため、バイクにまたがった。気持ちがいいので、ヘルメットをフルフェイスから昨日、半キャップに変えた。僕はその半キャップのヘルメットを頭にのせ、キーを差しこみ、クラッチを握りしめ、思いっきりエンジンをかけた。そしてスタンドを蹴り上げ、アクセルを回した。一つ目の角を曲がり、スピードを上げた。

車道の左側に停車しているタクシーの横を通り過ぎようとした時。タクシーが動き出した。バイクの前輪と、タクシーのうしろのバンパーが接触しそうになった。数㎝。

僕は慌てて、ハンドルを右に切った。ギリギリのところで接触をまぬがれた。体はアスファルトすれすれ。反対車線に飛び出した。0・数秒。

目の前に石柱。

そして。


何も見えなくなった。


かすかに女性の悲鳴が聞こえた。

僕はゆっくり目をあけた。霞《かす》んだ視界が真っ赤《か》だった。

血。大量の血。

状況がよく理解できなかった。さっきとは違う人の悲鳴が聞こえた。さっきより大きく聞こえた。僕の体の左うしろあたりで、誰かが怒鳴るように電話で叫んでいる。

霞んだ視界がゆっくりとゆがんでいく。

意識がもうろうとする中、立ち上がろうとするけど、体がまったく動かない。

起き上がろうとするけど、力がまったく入らない。まぶたが重たくなってきた。

耳に入ってきていた悲鳴や、怒鳴るように電話をかけていた声がちいさくなっていく。遠くのほうからかすかにサイレンが聞こえた。

まぶたが重たくて目を閉じた。

真っ暗。

アスファルトが冷たかった。

何も聞こえなくなった。


寒かった。

今まで感じたことのない寒さだった。

震えていた。震えが止まらなかった。大量に血が流れたせいで、まるで水から上げられた魚のように全身がバタバタと震えていた。その震えで頭をガンガン打ちつけた。

少しだけまぶたがあいた。ゆがんだ視界がまぶしかった。

どこにいるのか解らなかった。

眼球を少し動かすと、白衣を着た人たちが僕を取り囲んでいた。

手術室。

僕は震えで、ストレッチャーに頭をガンガン打ちつけていた。足のほうを見ると右脚のひざから下が真横に折れ曲がり、足の裏がこっちを向いていた。

白衣を着た人たちが、僕に何か言っていた。僕に何か叫んでいた。だけど声は聞こえなかった。

何人かの人に体を押さえられ、何枚も毛布をかけられた。それでも震えは止まらなかった。寒さで震えながら意識が薄れていった。

また、何も見えなくなった。

規則正しい電子音が聞こえてきた。

目をゆっくりとあけると、ビニールにおおわれたベッドの上に僕はいた。

目に映るものすべてが二重に見えた。

ベッドの右側に大きな機械があり、そこから規則正しい電子音を発していた。その機械からのびる何本もの管が僕の体につながっていた。

体中に激痛を感じた。

心臓が拍《う》つたび痛みが増した。

左側に目をやると、二重に見えるお母さんが目に泪を溜めて、座っていた。

そして、目をあけている僕に気づき、溜めた泪をこぼしながら立ち上がった。

僕はお母さんに「何日たった？」と訊いた。うまく声が出せなかった。

僕の声を聞きとれなかったお母さんは僕に顔を近づけた。

僕はもう一度、「何日たった？」と声をしぼり出した。

お母さんは泪をぬぐって「4日」とだけ答えて、椅子に腰を下ろした。

会社でアンケートを書いてバイクにまたがったのが26日の深夜。

今日は3月30日。

27回目の誕生日だった。

僕は管がつながっていない左手で自分の顔を触ろうとした。

お母さんが慌てて僕の左手を押さえた。

僕はお母さんに、出ない声をふりしぼり、「鏡ある？」と訊いた。

お母さんはしばらくの間、僕を見つめてから、ひざの上にのせていたかばんをぎゅっと抱きしめて、「ない」と言った。

僕は二重に見えるお母さんを見つめた。

見つめていると、またまぶたが重たくなってきた。

僕は目を閉じた。

電子音がまた聞こえてきた。どれくらいたったんだろう。

目をあけると、お母さんと、兄が立っていた。兄は何も言わず僕を見つめていた。

僕は兄に、「ごめんな」と言った。

声が出なかった。兄は何も言わず僕を見つめていた。

僕はゆっくり目を閉じた。

また電子音で目が覚めた。何日たったんだろう。

二重に見える視界の中に、お母さんと、会社の人が二人見えた。

会社の人は目をあけた僕に気づき、声をかけた。

「大丈夫です。絶対、大丈夫です」

僕は黙ったまま、その人を見つめた。

「ゆっくり治していきましょ。まず2年間、治療に専念しましょ」

その人は僕の右目を見てそう言った。僕は、声をふりしぼり「鏡見せて」と言った。

もう一人の会社の人が、かばんからちいさな手鏡を出した。

お母さんは黙ったまま、下を向いていた。

会社の人が僕の左手に手鏡を握らせてくれた。

僕はゆっくりと鏡に顔を映した。

左目がたれ下がり、鼻の横にあった。鼻は折れ曲がり、アゴがたてに割れてずれていた。

前歯は一本もなかった。

顔が二倍ぐらいに、腫れあがっていた。

しばらく見つめていると血が混じった泪が流れてきた。

終わった。

僕にはもう笑いを創ることはできない。

僕にはもう誰かを笑顔にすることはできない。

僕はもう人の前に立つことはできない。

僕はもう何をすることもできない。

僕は結局、何もできなかった。
こんなことならいっそのこと、死んだほうがましだと想った。
こんなことならひとおもいに死なせてくれたほうがよかったのにと想った。
死にたい。
体の右側にある大きな機械の電子音がこの上なく耳ざわりだった。
電子音を止めようと想った。
もう終わりにしようと想った。
もう終わりにするしかないと想った。
死にたい。
大きな機械を蹴り倒し、終わりにしようと想った。
大きな機械を蹴り倒し、すべてを終わらせようと想った。
だけど右脚はぴくりとも動かなかった。
いくら力を入れても足は動かなかった。
赤色の泪が流れた。
僕は目を閉じるしかなかった。

僕はこれからどうするんだろう。
僕はこれから何をするんだろう。
何も見えなかった。
何も描けなかった。
死ぬこともできなかった。

ここに来てから何も食べていなかった。
何も食べられなかった。
鼻から太いチューブを通し、直接、胃に液体の栄養素を流しこむことになった。
鼻はバキバキに折れていた。
そこに太いチューブをねじこまれた。
ガリガリガリガリガリ。
今まで感じたことのない激痛が体中に走った。殺してほしいと想った。

診察を終えて、医者が言った。

ヘルメットがもしもフルフェイスなら、顔はきっと無傷だった。しかし衝撃がすべて首にかかり、死んでいただろう。

半キャップだったから、衝撃を顔で吸収し、命が助かった。

僕は悔やんだ。

なぜあの日、半キャップのヘルメットを被っていたんだろう。

なぜフルフェイスのヘルメットを被っていなかったんだろう。

そうすれば死んでいたのに。

1ヵ月がたった。

一般病棟に移された。

僕は何も見えないまま、ただ真っ白な天井を見つめた。

僕は何も描けないまま、ただ何もない天井を見つめていた。

お母さんに肩を借り、ベッドから車椅子に移った。

車椅子で病室を出ようとした。

「どこ行くの？」

お母さんが訊いてきた。

僕は何も答えず病室を出た。

エレベーターで病院の屋上に出た。

フェンスで囲まれた屋上。

入院患者の看病に来ている人たちが洗濯物をほしていた。

そこから新宿の街を見下ろした。

そこから東京の街を見つめた。

フェンスを見上げた。何mもあるフェンスが張りめぐらされていた。

フェンスの上のほうは、内側に曲がっていて、絶対に乗りこえられないようになっていた。

僕は車椅子に座ったまま、フェンスを握りしめた。

お母さんが屋上に上がってきた。

「ここにおったん？」

お母さんは平静を装っていたけど、息が切れていた。

お母さんは笑顔を浮かべていたけど、目はすごく不安げだった。

そしてお母さんは確認するように屋上に張りめぐらされたフェンスを見わたして、一つちいさな息を吐いた。僕は黙って病室に戻った。


結局。

結局、僕は何もできなかった。

結局、僕は何も創れなかった。

笑うことも、死ぬこともできなかった。

僕は何も見えない天井をただ見つめるしかなかった。

僕は何もできずに、ただそこにいるしかなかった。


ベッドの上で何も見えない天井を見つめていると、病室のドアをノックする音が聞こえた。

ドアがあき、一人の人が入ってきた。先輩だった。

僕がこの世界に入ってすぐの頃から、いろんなことを教えてくれた、あの先輩だった。

一緒に街を歩きながら、いろんな話を聞かせてくれ、一緒にご飯を食べながら、いろんな話を聞いてくれた、あの先輩だった。

その人は何冊かの雑誌が入ったコンビニのビニール袋をベッドテーブルの上に、ドサッとぶっきらぼうに置いた。

そして、

「何してんねん、早《は》よ帰ってこい」

とだけ言って病室を出ていった。

僕はその人の背中をただただ見つめた。


次の日、また病室のドアをノックする音が聞こえた。

ドアがあき、一人の人が入ってきた。先輩だった。

昔、カラオケパブで、先輩たちと同じように僕にいろんなことを指図する女性にキレてくれた、あの先輩だった。

この人はいつも明るい人だった。

どんなことがあっても、いつもとてつもなく明るい人だった。

もちろん悩みや不安を抱える時だってあるはずなのに、どんな時も明るい人だった。

そんな、いつも明るいその人は、いつもと同じ明るい表情で病室に入ってきて、バイク事故を起こした僕に、バイク雑誌を手渡し、いたずらっ子のような顔で、

「またなぁー」

と言って病室を出ていった。


次の日も病室のドアをノックする音が聞こえた。

一人の人が入ってきた。

この人はいつも笑っている人だった。

どんな時でもおもしろいことを自分で見つけて、いつも笑っている人だった。

そして、どんな時も笑って人を笑顔にする人だった。

自分にどんなつらいことがあっても、笑って人を笑顔にさせる人だった。

そんな、いつも笑っているその人は、いつもの笑顔で病室に入ってきた。

そして、大先輩がやっているバラエティー番組の未編集のビデオテープを手に入れたと言って笑いながら、

「これ、すごいぞ。めっちゃおもろいから見てみ」

と言って病室を出ていった。

そして、それから、週に二、三回僕の病室にやってきては、自分が好きな映画のビデオ、自分が好きなボクシングの試合のビデオ、自分が好きなマンガなんかを持ってきては、笑って帰っていった。

次の日、目が覚めると看護師がやってきて、昨日の夜、あずかったと言って、ちいさな手紙を手渡した。

そこには三人の名前が書かれていた。

その三人は、いつもどんな人にも優しい人たちだった。

自分のことより人のことを想って、いつも優しいとても温かい人たちだった。

その三人は、昨日眠っていた僕を起こすことなく、短い手紙を看護師に渡して帰っていった。

手紙には、それぞれ一言だけ書かれていた。

「元気ー？」

「早くよくなりますように」

「また来るわ」

僕は、この短い手紙を何度も読んだ。


トイレに行こうと車椅子に乗っていた。

するとトイレから一人の人が出てきた。

この人は楽しいことが大好きな、いつも楽しい人だった。

いつも誰よりも楽しんで、その楽しんでいる姿でみんなを楽しませるのが大好きな人だった。

その人が楽しんでいる姿を見ると、見ているみんなが楽しくなるような人だった。

その人は、どこかで借りてきた、悪魔の衣装を着ていた。

そして、トイレの前で車椅子に乗っている僕を見つけ、

「うわっ、なんでお前ここにおんねん。この格好でいきなり病室入っておどかしたろ

思たのにー。もう、めっちゃ間、悪いやん」

と言って、とても楽しそうな笑顔を浮かべていた。


次の日も病室のドアがノックされた。

何人かと入ってきたその人は、いつもおもしろいことが大好きな人だった。おもしろいことが大好きで、そのことだけを考え、いつも僕に丁寧におもしろいことを見せたり、聞かせたりしてくれる人だった。そして、あの時、「お前の話、おもろいなぁ」と言ってくれた人だった。

理不尽なことや、想像を絶する孤独感を感じたりもするはずなのに、いつも、どんなことでも笑いに変えて、みんなを笑顔にする人だった。

その人は特別僕に何を言うわけでもなく、いつものようにみんなにおもしろいことを言って笑っていた。


次の日も、病室のドアがノックされた。

一人の人が入ってきた。

ずっと一緒に笑いを創ってきた、あの構成作家だった。

昔からずっと一緒に笑い合ってきた構成作家だった。

こいつは、スケッチブックを片手に病室に入ってきて、

「頭打ってるかもしれんから、ちょっとテストします」

と言って、自分が考えた、大喜利《おおぎり》のお題を僕に聞かせ、答えをこれに書いてと、スケッチブックとペンを差し出した。

僕が少し考えて、スケッチブックに答えを書くと、

「ははは っ、おもろい。じゃ次」

と言って、5問続けた。

そして、すべての回答を見終えて、

「大丈夫、大丈夫」

と笑顔を浮かべて、病室を出ていった。

次の日も次の日も、病室のドアはノックされた。

そして、みんな病室に入ってきて、いろんな話をして笑っていた。

みんなでいろんなことを言い合って笑い合っていた。

僕は、そんなみんなを黙って見つめた。


夜中。僕は一人、ベッドの上で天井を見つめながら、病室に来てくれた人たちの顔を一人一人思い浮かべた。

病室に来てくれた、たくさんの人たちの笑顔を思い浮かべた。

そして。

今までの僕は間違っていたんじゃないかなと想った。

「自分がおもしろいと想うことだけをやる」

「僕の笑いが解らないなら観なくてもいい」

「おもしろいことと楽しいことは違う」

「おもしろいか、おもしろくないか、それだけ」

「明るく楽しくなんてできない」

「優しさを見せる必要なんてない」

違う。ぜんぜん違う。

今までの僕は間違っていたと想った。
あの人たちを見てそう想った。
自分がおもしろいと想うことをみんなに伝える優しさ。
楽しいことの中にあるおもしろさを見つける楽しさ。
人を笑顔にするおもしろさ。
そこから生まれる笑顔。
そんな当たり前のことをあの人たちの顔を思い浮かべながら想った。
そんな当たり前のことをあの人たちから思い知らされた。
そして。
もしも戻れるなら、もう一度あの世界に戻りたいと想った。
もしも戻れるなら、あの人たちと同じ世界に帰りたいと想った。
もう一度、笑いを創りたい。
もう一度、笑いたい。
絶対に。

僕は手術を受けることにした。
バキバキに折れた顔の骨を、チタンのプレートで固定する手術。
粉々になった骨の代わりに、お腹を切って、肋骨を目の上に移植する手術。
陥没し骨折した眼窩底《がんかてい》を修復する手術。
砕けたアゴを固定し、骨と骨をつなぎ合わせる手術。
のどに穴をあけ、人工呼吸器を挿入する手術。
手術が終わると、副作用で吐き気がした。
毎晩、痛みで眠れなかった。
1ヵ月、筆談が続いた。
痛み止めと睡眠薬で頭がフラフラした。

4ヵ月がたった。
退院することになった。
自宅療養。
ワンルームのマンション。

ちいさなワンルームの中で松葉杖を使って生活した。

部屋がすごく広く感じた。

ベッドからソファまでがとても遠く感じた。ソファからトイレまでが、とても長く感じた。

傷口すべてにテープを貼って、久しぶりにシャワーをあびた。

貧血で倒れ、シャワーが出っぱなしのまま、4時間、動けなかった。

髪の毛からたれるしずくがすごく冷たかった。

次の日、見舞いに来てくれた後輩に、そのことを言うと、それから毎日、いろんな後輩が代わる代わる家に来て、身の回りの世話をしてくれた。

もしもまた、ユニットバスで貧血を起こしても、ぬれた髪の毛で風邪をひかないようにと、バリカンで丸坊主にしてくれた。

アゴが固定され、口をあけられない僕は、折れた前歯の間から絹ごし豆腐をすするしかなかった。

そんな僕に、後輩は、少しでもあきないようにと、みんなでお金を出し合って、20種類ぐらいのドレッシングを買ってきてくれた。

入院中、短い手紙をくれた一人は、大きな鶏ガラを持ってきてくれて、大量のスープを作ってくれた。

短い手紙をくれた、別のもう一人は、家でいろんなものをミキサーにかけ、液体にして、僕に飲ませてくれた。

おいしくて泪がこぼれた。


目の大きさが左右まったく違った。

形成手術を繰り返した。

体重が、52キロしかなかった。おでこの左側の神経が切れていて、触るとブヨブヨとした感覚しかなかった。

一人で歩けるように松葉杖で毎日リハビリに通った。

いつも誰かがついてきてくれた。

やっとご飯が食べられるようになった。

アゴがずっと固定されていたせいで、口がほんの少ししかあけられなかった。

僕は毎日、あまり食べられないご飯を、無理やりつめこんだ。

僕は毎日、少しずつ、口を大きくあけるためのリハビリを続けた。

毎日続けた。

あの世界に戻るために。

あの人たちのところへ帰るために。

もう一度、笑いを創るために。

もう一度、笑うために。


半年がたった。兄と二人で始めたトークライブ。

ちいさな会場。

先に舞台に出ていた兄が、僕を呼びこんだ。僕は緊張しながら、一人、その舞台の真ん中へ向かった。久しぶりにあびる照明がとてつもなくまぶしかった。緊張と不安で目の前が真っ白だった。15歳の時、養成所で初めてネタをした時と同じように目の前には何も見えなかった。

僕は、しゃべり出した。事故のこと。病院でのこと。自宅療養でのこと。見舞いに来てくれた人たちのこと。それらをすべて笑いに変えてしゃべり続けた。

気がつくと、耳に大きな笑い声が飛びこんできているのが解った。大きな笑い声が聞こえていた。笑い声で目の前をおおっていた白いものが少しずつ薄れ、はっきりと見えるようになった。

目の前でたくさんの人たちが笑っていた。

目の前にたくさんの人たちの笑顔が見えた。

戻ってきた。

帰ってきた。

僕は兄と二人で2時間、しゃべり続けた。

そして僕は、笑顔で手を振りながら、

「ありがとうございました」

と言って頭を下げた。

僕は頭を下げたまま、泪をぬぐった。

本文イラスト　千原ジュニア

この作品は二〇〇八年三月講談社より刊行されたものです。
本文87頁8～13行目は、リチャード・バック著　村上龍訳
『イリュージョン』（集英社文庫）より引用しました。

# 3月《がつ》30日《にち》

千原《ちはら》ジュニア

平成23年3月30日　初版発行

発行人――石原正康
編集人――永島賞二
発行所――株式会社幻冬舎
〒151-0051東京都渋谷区千駄ヶ谷4-9-7
電話　03(5411)6222(営業)
　　　03(5411)6211(編集)
　　振替00120-8-767643
印刷・製本―中央精版印刷株式会社
装丁者――高橋雅之
　　　米谷テツヤ



幻冬舎よしもと文庫

ISBN978-4-344-41641-3　C0195　Y-7-2